圧倒的ガチャ運で
異世界を成り上がる!
ケンノジ
イラスト：やむ茶

風《かざ》見《み》ジンタ
事故死して異世界に転生した青年。
転生の際にステータス異常が発生、
運の数値がカンストしているため
ガチャで何でも手に入れる
ことができる。

!?
お━━ぉおお
おおおおおお!?
やった!!

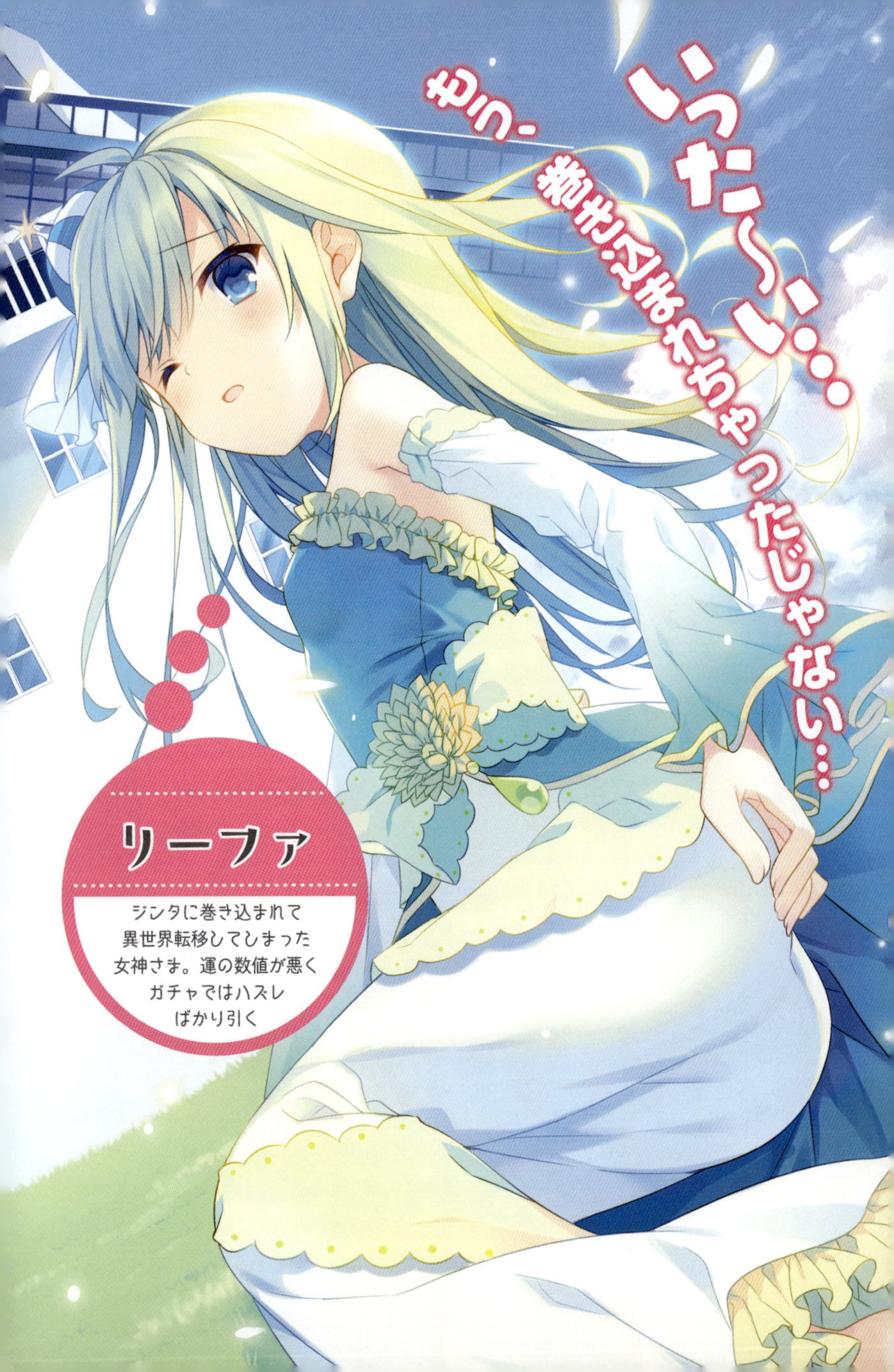
いった〜い……
もう〜
巻き込まれちゃったじゃない……
リーファ
ジンタに巻き込まれて
異世界転移してしまった
女神さま。運の数値が悪く
ガチャではハズレ
ばかり引く

ふつつかものですが、
よろしくお願いします！
クイナ
ジンタがクエストの報酬に
もらったエルフのお嫁さん。
包容力に深い愛情、
そして大きな胸を
持つ。

がうがうっ!!
ひーちゃん
誇り高き仔ドラゴン。
ジンタのことが大好きで、
いつもジンタにべったり。
「がう」が口癖。

ご主人さま～
ご主人さまぁっ

圧倒的ガチャ運で異世界を成り上がる！

圧倒的ガチャ運で異世界を成り上がる!

Attouteki Gacha-un de Isekai wo Nariagaru!

ケンノジ

イラスト：やむ茶

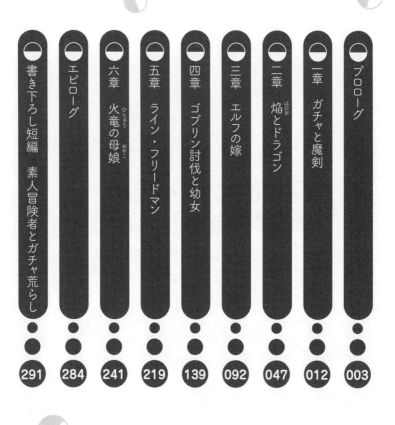

CONTENS

Attouteki Gacha-un de Isekai wo Nariagaru!

プロローグ

「風見仁太《かざみじんた》――享年《きょうねん》二四歳。通勤中に事故で死亡。これで間違いない？」

気づいたらおれはイスに座っていた。

カウンターのむかいにいる金髪碧眼《へきがん》の美少女が、どうやらおれに言ったらしい。

着ている服は白いドレスで、なんとなく女神様みたいだなと思った。

それはそうと、ここどこだ？

市役所とかそういう役所みたいな場所っぽいけど。

「ん？　享年二四？　おれ、死んだんですか？」

少女の手元には、おれの顔写真付きの履歴書みたいなものがあった。

げ。おねしょを何歳までしてたか書いてある。

彼女ゼロで童貞《どうてい》だってことも！

――全部ホントのことじゃねえか！

今日の日付のところに【午前七時四四分　車に轢《ひ》かれ全身を強く打ち死亡】ってある。

え。……まじ？　この履歴書って人生の履歴……？

「あ、そっか。事故って死んじゃった人には多いのよ、ちょっとした記憶障害」

「はあ……。えっと、君は誰？」

「わたし？　わたしは女神のリーファ。あなたの死生の担当者よ」と言って少女は胸元《むなもと》の名札を指差した。

『死生課　女神リーファ』

「女神？　なんですそれ。死生課って……？」

「文字通りよ。死んじゃった人の進路をどうこうしたり、成仏《じょうぶつ》させたりする部署の神様の一人」

「えらくフォーマルな神様だな」

で、いっぱい神様いるんだ。

このリーファって子以外にもたくさん職員風の女神様がいる。

訊《き》けば、みんな女神らしい。

なるほど、みんなびっくりするほど綺麗《きれい》なのもうなずける。

おれみたいに死んだ人が他《ほか》に七、八人ほどいた。

みんなもカウンターの席について、真面目《まじめ》な顔をして説明を聞いている。

「えっと、それでおれは死んで今ここにいるってこと？」

「そう。今言った通り、君は事故でお亡くなりになったの」

「そっか……おれ、死んだのか……」

「……気持ちはわかるわ。ショックだと思うけど落ち着いてね……？」

「――っっっっしゃああああああああ‼」

おれは全力でガッツポーズした。

「ふわっ⁉　え、なになに、どしたの⁉　ショックなのはわかるけど――」

「ショックなわけないだろ！　え、死んだってことはあれだろ？　もう会社行かなくてもいいってことだろ⁉　マジかよ、最高かよ！」

「なにこの人、怖い！　死んじゃったのにテンションあがってる。怖いッ‼」

女神様がドン引きしているが、そんなの知ったこっちゃない。

社畜《しゃちく》生活とおさらばかー、うわー、ついにきたぁ……！

クソな仕事しなくてもいいとか。クソな上司と顔合わさなくていいとか。

――最高かよ。

「ちょ、ちょ、ちょっと、座って座って。みんなこっち見てるから」

他の人や担当の女神たち全員がこっちを見ていた。

「あ、すみません……」

コホン、と一度咳《せき》払いするリーファ。

「基本的に魂の進路は三つあります。

一つ目は成仏すること――簡単に言うと天国の住人になるってことね。

二つ目は現世で生まれ変わること――地球のどこかで二度目の人生ってな感じね。

三つ目はまったく異なる世界へ転生《てんせい》すること――」

「ふうん。死んだらこんなふうに案内されるのか」

「それで、君の進路は天国に決まりました」

「え？　おれ成仏するの？」

「お腹《なか》もすかないし、争いもないし、とっても平和なところよ？」

「あの、異世界転生するのはダメなの？　……異世界転生ならワンチャンあるって小説で読んだんだけど」

「はい出たー。そういうのフィクションだから。ワンチャンなんてないから。影響受け過ぎ。もう……最近君みたいな人が多くて困ってるのよ……。それに――」

呆《あき》れたようにリーファはため息をつく。

「異世界転生も、君が思うほど甘くないんだから。何に転生するのか決まってないのよ？『一般人』『魔物』『勇者』『魔王』『ティッシュ一枚』だいたいこのどれかに転生するんだけれど」

「ふぁっ⁉　なんだティッシュって！」

「そういうモンなのよ、異世界転生ってのは。騒がないでよ、これだから童貞は」

「ど、どど、童貞じゃねーし……っ。しかも一枚なんて、鼻かまれておしまいじゃねーか」

「でも良い特性があるのよ？　ステータスオープン」

フイン、とおれたちの間にステータスのホログラムが浮かんだ。

あ、すげー。ゲームみたいなステータスが……。

良い特性があるって言っていたな……？

【特性：とても軽い】

「当たり前の情報だろ！　鼻息でフライアウェイするわっ！」

「ちなみにだけど、異世界に行って何がしたいの？」

「何がしたい？　決まってるだろ！　可愛《かわい》かったり綺麗だったりする女の子をはべらしてハーレムを作る！」

「あはははは。なにそれ、ウケる！　出来るわけないじゃん」

「――男の夢を笑うなッッッ!!　ハーレムだけじゃない！　名誉も地位も金もだ！　出来なかったこと、やれなかったこと、欲しかった物を全部全部、手に入れる！」

「はいはい。君みたいな一般人、異世界に行ったところでまた似たような生活送るのがオチなんだから、大人しく成仏しときなさいよ」

「断る」

「いや、断る受け入れるの話じゃないから。……わたし、君みたいに暇じゃないの。さっさと成仏しちゃって？　後ろつっかえてるんだから～」

面倒くさそうな言い方がなんかイラッてする。

成仏なんてしてたまるか……！

「異世界転生ならワンチャンあるんだ！」

おれは身を乗り出してカウンターの反対側に跳び移る。

そして、女神を後ろから羽交《はが》い締《じ》めにした。

「ちょっと！　やめなさいっ、こんなことしてどうする気なのよっ！」

ざわざわと周囲が騒がしくなった。おれに注目が集まっているのがわかる。

「おれを異世界に」

「無理無理っ」

「言うことを聞かないと――おまえのおっぱいを揉《も》む！」

「――いやあああああ、変態変態っ！　変態っ！」

リーファは懐《なつ》かない子猫みたいにおれの腕の中で暴れている。

「あぁ、もう。一般人相手には女神の力は使えないし……、おっぱい揉むなんて最低！」

「揉ましてください」

「目的変わってるんですけど！」

あ。ほんとだ。

この程度の脅しじゃ効果はないみたいだ。それじゃあ……。

「言うこと聞かないと――吸うぞ」

「クズ人間っ、クズ童貞っ、クズ変態！　死ねっ！」

「そんなふうにディスっておれが今さらヘコむとでも？」

「き、効いてない⁉　それどころかなぜか誇らしげ⁉」

かくなる上は強引《ごういん》に――。おれはすっとリーファの胸に目を下ろす。

「あ。おっぱい、ぺったんこ……。揉むとか、無茶言ってごめんな？」

「謝るところそこじゃないからっ！　もうヤダーっ！　離してよっ」

「うわ、こら、暴れるな」

おれは見てたんだ。

他の女神が「異世界転生なので、（中略）それでは行ってらっしゃい」って言いながらボタンを押してたのを。

「これなんだろ？　このボタンを押せば――」

「ダメダメ！　それ押しちゃダメ！　絶対に押しちゃダメよ？　絶対だからね？　成仏するはずの人間が異世界に行っちゃったら、異常が起きて大変なことになるんだから！」

「……『絶対に押すな』は『押せ』って意味だって、ダチョウの人が言っていたぞ」

「誰《だれ》よそれぇ～！」

ポチ。

周りの女神たちがやめろ、とか何だかんだ言っているけど、知ったこっちゃない。

パッと床が青白く光って魔法陣が浮きあがった。

「え――わたしも――っ!?」

おれたちは白い光に包まれた。

その瞬間だった。

目の前におれのステータスが浮かんだ。

種族：人間
名前：風見仁太
Ｌｖ：１
ＨＰ：12／12
ＭＰ：７／７
力　：９
知力：６
耐久：５
素早さ：６
運　：９　→　999999
【スキル】

一章　ガチャと魔剣

ドンッ！

「いってぇえ!?」

尻《しり》もちをついたおれは声をあげた。

あれ。転生ってか、まんま転移してないか？

体のサイズ感も生前と一緒だし。

転生っていうよりは、この異世界でリスタートって感じなのかな。

「ま、いっか」

周囲は見渡す限り原っぱばかり。

大きな風車があったり、小川があったり、どこか牧歌的《ぼっかてき》だ。

もちろん日本の景色じゃないし、空を見あげれば翼竜《よくりゅう》が飛んでた。

本当に異世界に来たらしい。

ん？　なんかケツのあたりがモゾモゾする……。

「ギャギャ……ギャ……ギ……」

下を見ると、尻の下にゴブリンらしき魔物が敷《し》かれていた。

「うわっ生ゴブリン⁉」

おれは慌《あわ》ててそこをどいた。

小型犬より少し大きいくらいの体格をしている。

どうやら、尻もちついたときに下敷きにしてしまったらしい。

「ギ、ギギ……」

なんか、苦しんでる？

ガクッ

種族：ゴブリン（一般）
Ｌｖ：２
ＨＰ：０／９
ＭＰ：２／２
力　：７
知力：１
耐久：５
素早さ：２

運：5

あ、逝《い》った。ＨＰゼロだ。

意識的にそれを見ようとすると、ステータスが見えるみたいだ。

ゴブリンは口から何かを吐き出すと、そのまま動くことはなくなった。

おれなんかのヒップドロップで死ぬなんて、ちょっと可哀想《かわいそう》だな、あのゴブリン。

近づいて吐き出したものを手に取ると、銀色の綺麗《きれい》な石だった。

「なんだ、これ？」

何かは知らないけど、ポケットに入れておこう。

町かどこかで人に訊《き》けばいいや。

「さて……なんか知らない間にファーストバトルが勝手に終わったんだけど……。これからどうすればいいんだ？」

町に行けば何かしら情報が得られるだろうし、町に行こう。

でも、どこにその町があるのかまったくわからない。

一応、道があるからそれに沿《そ》って歩けば……。

食糧とかどうすんの？

「自給自足？　え、マジで……？」

異世界ハード過ぎんだろ。

あ……すみません、ティッシュに転生したみなさん。

ティッシュ一枚に比べればベリーイージーですよね。

ステータスのレベルや体力とかに文句はないけど【運：999999】ってなんでこうなってんだ？

事情を訊こうにもその女神様がいない。

と、思っていると、
ドシンッ！

「いったーいっ」

物音と声に振り返れば、女神リーファがお尻をさすっていた。

「もうー。巻き込まれちゃったじゃない……。もしもし、死生課のどなたか聞こえますか？　こちら死生課の女神リーファ。天界への転移をお願いします。——あれ、おかしいな？　もしもーし？

あれ……通じてない……⁉」

「おーい、何してんだよ？」

「あ！　さっきの……！　えっと……」

「ジンタでいいよ。誰《だれ》に話しかけてたの？」

「交信して天界に転移してもらうつもりなんだけど……誰かさんが強引《ごういん》に転生するから……天界と交信出来なくなっちゃってるの……」

「思ったんだけど、もしかしてバグったんじゃないのか？」

「そんなはずは……。あれ、ステータスが見えない……女神は絶対に見えるのに」

「おれのステータス、運が『９９９９９』になってるんだ」

「え？　運の数値はＭＡＸ99よ？　それに、なんでジンタがステータス見えるの？」

……原因があるとすれば、おれが無理に転生ボタンを押したことだ。

大変なことになるって言っていたし。

リーファはもう半泣きの状態だった。

「え～、どうしよう……ジンタが無理にボタン押すから……わたし、帰れなくなっちゃったじゃない……」

「……それは、本当に悪かったと思ってる。巻き込むつもりはなかったんだ」

おれが小さく頭をさげると、ため息が聞こえた。

「もういいわよ……」

「おれはこの世界で生きていくつもりだけど、リーファはどうする？　天界からの連絡待ってみる？」

「う～ん……連絡はどこでも受け取ることが出来るから……」

リーファは困ったような思案顔をする。

おれが原因だもんな……ここにいるのって。

「じゃあ一緒に来る？　多少のお詫《わ》びくらいは、出来るならさせて欲しい」

「……そういうことなら、じゃあ、ちょっとだけ」
きちんとリーファを視認すると、ステータスが見えた。

種族：神族
名前：リーファ
Lv：1
HP：10／11
MP：14／14
力　：3
知力：3
耐久：2
素早さ：1
運　：1

ずいぶん低いけどこれが女神のステータスなのか……？
さっきのゴブリンと大差ないぞ。

「ちなみにだけど……リーファって、レベルいくつなの?」

「わたし? 上限の999だけど?」

「ちなみに、運っていくつだった?」

「98」

ってことは、おれの運の数値は、リーファのステータスが一部移ったってことでもないのか。

「あのな……リーファのレベル、今、1だぞ」

「え………力、なくなってるの?」

リーファががっくり落とした肩をおれは叩《たた》いた。

「……元気、出せ?」

「ジンタのせいなんですけどっ」

「ごめんごめん。……まあ、怒るなっていうほうが無理か……」

まったく、とリーファは息をつく。

「でも、ジンタは幸運ね。わたしとしばらく一緒だなんて」

「なんで? リーファが美少女だから?」

ぼふ、とリーファの白い顔が赤くなった。

「そ、そ、そ、そういう意味じゃないわよ! ……わたし、この世界の地理地形、町の名前や魔物のこととか、あらゆる知識や常識が全部わかるのよ?」

ふふん、とリーファはドヤ顔でおれを見てくる。

「さすが女神様」

「簡単に言うとステータス上の情報と世界的な事実や常識はわかるから。けど、もう天界にいないから、変動した情報はわからないんだけどね」

そう言って、リーファは舌を出した。

リーファの話によると、歩いて約二時間のところにホヒンという町があるらしい。

そこへまずむかうことにして、おれはその道中にこの世界のことを色々と教えてもらった。

この世界【リバリア】は、いわゆる剣と魔法のファンタジー世界。

今歩いているここは、アルガスト王国北東部にあるレフォン平原というらしい。

「敵を倒せば能力もあがるし、ドロップアイテムだってある。今は魔王とかトンデモ野郎がいるわけじゃない平和な時代よ。ただ、レベルとかステータスとかはわたしたち世界の外から来た存在しか知らないからね？」

「魔王はいないのか。……そういやこれ、ゴブリンから出てきたんだけど」

おれがポケットから銀色の石を取り出してリーファに見せた。

「あぁ、これは永晶石《コア》って言って魔物からドロップするんだけど――って、白銀じゃない！」

「？」

「色によってレア度が変わるんだけど、上から二番目に白銀はレアなの」

「へえー。で、これって何に使えるの？」

「魔力の結晶体でもあるんだけど、特殊な道具がないと抽出《ちゅうしゅつ》出来ないから、普通の人にとっては売却素材よ。好きな人は集めたりするみたいだけど。白銀だと売れば一〇万リンくらいになるはず」

「リン？」

「一〇万リンは、日本円で一〇万円よ」

そのままか。

物価が日本と同じくらいだとすると、しばらく宿なし飯なしは避けられそうだ。

「しばらくは野宿しなくて済みそうだな？」

「え？　……わたしもいいの？」

「うん。お詫《わ》びも兼ねて、多少のお世話くらいさせてもらうよ」

この世界のことを色々と教えてもらえるし、そのお礼込みだ。

リーファは世界の外側からやってきたチートなナビでもある。

「ありがとね？　ジンタ」

……。

見入ってしまった……。

女神の微笑《ほほえ》みっていうのは、すごい威力だな……。

さらに訊くと、死んだ魔物や人間の残留魔力の影響を受けた動植物が魔物になるらしい。

その魔物が体内で生成する結晶体が永晶石《コア》なんだとか。

だから、永晶石《コア》の元を辿《たど》ると魔力にいきつくそうだ。

あとリーファから聞いたのは、ステータスの意味。まあ、そのままだった。

HP：体力。なくなれば死ぬ。
MP：マジックポイント。魔法を使うときに消費される。
力：物理攻撃に関係する。
知力：魔法攻撃、魔法防御に関係する。
耐久：物理防御に関係する。
素早さ：回避、命中に関係する。
運：戦闘でクリティカルを出しやすくクリティカルを受けにくい。その他日常にも影響する。

どうせなら、力か知力があの数値になれば良かったんだけど。
「グルォオオオオオオ!!」
突然聞こえた声におれは首をすくめた。
遠くに怪獣みたいなでかい魔物がいるのがわかる。
二本の角に血色みたいな二つの目。長い長い尻尾《しっぽ》と牙《きば》があった。
体の表面を覆っている黒い鱗《うろこ》らしきものが太陽を鈍く反射している。
あいつが吠《ほ》えたのか。おっかねぇえ……。
そいつを数十人の男たちが囲んでいるのも見える。
比較してみると、人間の一〇倍くらいはある巨大な魔物だった。

「ベヒモスね、あれは。クエストか何かでみんなで協力して倒してるみたい」

種族：巨竜種
Lv：60
HP：28043／28600
MP：590／590
力　：710
知力：211
耐久：474
素早さ：189
運　：46

あんなにでかい魔物、倒せるのか？
……ま、おれが心配することでもないか。
街道を進みホヒンという町に到着した。
のどかな田舎《いなか》町といった風情で、町の周囲を背の高い鉄柵が囲っている。

入口では、警備兵が二人雑談をしていた。

町に入るとき、リーファの美貌に見惚《みと》れていたり、おれの風貌をジロジロ見ていたりしたけど、旅の者です、と言うと警備兵は不思議そうにしながらも通してくれた。

レンガ造りの異国風情ある街並みを眺め歩く。

リーファの案内で道具屋を訪《おとず》れ、氷晶石《コア》をすぐにお金に換えた。

「そうそう、ステータス以外にもアイテムボックスがあるの。たぶん出せると思うけど……ボックスオープンって言ってみて？」

「ボックスオープン」

ふわ、と空中にブラックホールが出来た。

「出せた？　他人には見えないようになっていて、いつでもどこでも好きな物を取り出せるから」

何をどんなに入れてもオーケーで、重量制限もないらしい。

もらった一〇万リンを財布《さいふ》に入れて、早速財布をアイテムボックスへ放り込む。

「クローズって言うと消えるから」

「クローズ。あ、ほんとに消えた。便利だな」

「ちなみに転生者じゃないと、アイテムボックスも使えないからね？」

「結構生活しやすいように世界が整えられてるんだな」

ご飯にするかどっちか迷ったけど、今のうちに宿屋を押さえておこう。

あちこち目をやって宿屋を探していると、隣からくぅぅ、と小型犬の鳴き声みたいな音が聞こえた。

リーファがぱっとお腹《なか》を押さえてそっぽむく。

「………」

「お腹すいたのか？　それじゃあ先にご飯にしようか」

「そ、そう？　……それなら、飲食店はあっちの通りにあるから――」

リーファが道の先を指差すが、おれの意識はとある店の看板にむいていた。

看板に書いてある文字は、なぜだかちゃんと読める。


【アイテム賭場《とば》】


ここ……もしかして――？

店の入口までやってくる。入口脇に景品の一覧表が貼《は》られていた。

そこには、強そうなアイテムの名前や珍しそうな道具の名前が書かれている。

これって、あれだよな……ガチャ的な？

「リーファ、一回だけいいか？」

「ダメーッ！　一回一〇〇〇リンもするのよ!?　ダメに決まってるじゃない。良い物が出ることなんてほとんどないんだから」

「ほとんどってことは、出ることもあるんだよな？」

チャだった。

抽選器は、大きめの筐体《きょうたい》の中にカプセルが無数に入っている、日本でもよく見かけるガチャガ
そわそわしていたり、財布の中を確かめたり、祈ったりしている。

中をちょっとのぞくと、老若男女の姿がある。

「まあね。まれに、だけど」


「もう……じゃあ、一回だけだからね？」

「一回だけ、一回だけだから。な？」

店内に入って順番待ちをする。

三つある抽選器の前でそれぞれの人が受付のお姉さんにお金を渡して、ガチャを回している。

「アンタ、もうやめて！　それは今月の生活費――」

甲高《かんだか》い声にそっちに目をやると、三〇過ぎくらいの女の人が涙ながらに男の人に訴えていた。

「るせぇえッ！　あと一回だ、あと一回まわしゃ絶対出るんだ！」

壮絶なやりとりを見ながらも受付のお姉さんはニコニコしている。

お金をお姉さんに渡した旦那《だんな》さんは、ハンドルを回す。回す回す回す――

計三二個のカプセルを出した旦那さん。

最後のカプセルの中身を確認して「orz」体勢でうなだれた。

隣の奥さんもおいおい泣いている。

「ガチャってのは、どの世界でも怖いもんだな……」

ガチャ沼を目の当《ま》たりにした気がした。

もうちょいでおれの番だ。なんか、キンチョーする……。

ガッツポーズする人がいたり、「orz」したり、放心状態になる人が続出している。

そんな阿鼻叫喚《あびきょうかん》のガチャ屋。

ついに、おれの番が回ってきた。

アイテムボックスから財布を取り出して、一〇〇〇〇リン札を抜き取って渡す。

「お願いします」

「一万リンで一一回まわすことが出来ますが、よろしいですか?」

と、お姉さんが確認してくる。

どうしよ、一万リン渡しちゃおうかな……。

気配を感じて後ろを振り返ればリーファがガルルルルと唸《うな》っていた。

「約束したでしょー! 一回だけだって」

これから何が起こるかわからないし、今日のところは無駄遣《むだづか》いは避けとくか。

おれは一〇〇〇リンを渡して、ガチャのハンドルを摑《つか》んだ。

「どうぞ」

「……よしっ!」

ぐりぐり、と時計回りに回す。

コトン――、カプセルが落ちた。

生唾《なまつば》を飲んでカプセルを開くと、中には虹色の石が入っていた。

何コレ。何等賞？

「「「おおお――っ⁉」」」

ガチャ屋中がどよめいた。

「え？　どうしたんです……？」

「あんちゃん、やったな……！」

肩をポンと叩かれて見れば、さっきの旦那さんがいた。

「やった？　何をやったんですか？　ていうか、おれ何かやらかした……？」

旦那さんが親指でクイッと指差した先には、景品一覧がある。

虹色……虹色……あれ、一番上？

虹色石：特賞　魔焔剣《レーヴァテイン》

お――ぉおおおおおおお⁉

やった！　なんかすごそうな剣が当たったっぽい‼

店内からは、特賞を当てたおれへ羨望《せんぼう》と嫉妬《しっと》まじりの視線が飛んでくる。

――ふっ。ふはははははは！

君ら、いくら使ったの？　ねえねえ？

特賞欲しさに、いくら突っ込んだの？

教えて欲しいなあー参考までに。

おれ、一発で、しかも最低額で当てちゃったしわかんねーわー。

いくら使うんだろーフツー。

やっべー。わっかんねー。

外ではリーファが期待顔で小さく跳ねている。

「なになに？　何か当たったのーっ⁉」

「特賞らしい！」

「ウソ！　すごい‼　ジンタすごいじゃん‼」

「チッ」

音源は、ニコニコしている受付のお姉さん。

あれ。今、舌打ちしましたよね？

「お客様、どうぞこちらへ。景品をお渡しいたします」

先を歩くお姉さんについて行って、奥の部屋へ入った。

事務室っぽいところで、お姉さんが黒塗りのケースから剣を取り出した。

「装備するもよし、売るもよし、しかるべき人に譲渡するもよし、です」

赤黒い鞘《さや》に包まれた剣を受け取った。

剣の柄《つか》を握るだけで、体が火照《ほて》ってくるような気がする。

「ありがとうございます。大事にします」

「……以降のトラブルなどは、こちら【アイテム賭場】は一切《いっさい》関与いたしませんので、ご了承ください」

「トラブル？」

「ええ。当てた景品が盗難にあったりすることもありますので。特に今回は狙《ねら》っている方も多かったですし、ガチャ後を狙う賊も多いです。お気をつけください」

力づくで奪いにくる輩《やから》がいるって……？

種族：人間
名前：風見仁太
Lv：1
HP：12／4012
MP：7／3007
力　：2009
知力：1506
耐久：5
素早さ：6

運　：999999

フ、返り討ちにしてくれるわ。どこからでもかかってきたまえ。
魔焔剣《レーヴァテイン》のおかげで、かなりステータスが向上している。

どんだけ凄《すご》い剣なんだよ。

「出口はこちらです」

お姉さんの案内に従って、おれはガチャ屋の地下通路から外へ出た。

遠回りするのは、ガチャ屋の表の出入り口から出たらトラブルの元になるからだそうだ。

まだガチャ屋にいるリーファと合流して、ぶらぶら町を歩く。

「ジンタ。どうするのソレ。売ったらすっごい額になるわよ。億はすると思う」

【SSR　魔焔剣《レーヴァテイン》】
魔神をも焼き殺したという逸話の残る魔剣の一本。
HP　＋4000
MP　＋3000

力　＋２０００
知力　＋１５００

スキル
【黒　焔《ダークフィラメント》】　１／10　消費ＭＰ――
（失われた古代魔法の一種。超長距離から放てる極焔《ごくえん》の魔法。ＭＰ消費量に応じて威力増大）
【灰燼《アッシュ》】　１／10　消費ＭＰ毎分１５０
（焔《ほのお》を剣にまとい攻撃力をあげる）

売ったら億、なんて言われてグラグラ揺れる。

けど、そんなもったいないことしない。

「おれのモンだから、使いこなすに決まってるだろ」

「ジンタに使いこなせるかしら……？」

「そんなに難しいの？　この剣」

「それ――大昔勇者が使ってた、すっごく有名な剣だから。そのあとは、使えなくて転売ってケースがほとんどなのよ」

「ゆ、勇者の剣――？」

「うん。どうせ使えないいんだから売っちゃえばいいのに」

「まだ使えないいって決まったわけじゃないだろ」

あとで試しに行って、それで使えなかったら……剣をどうするかはそのときに考えよう。

「ステータス見たら【ＳＳＳＲ】ってついてたんだけど」

「えっとね、それは一番レアって意味よ」

リーファいわく、

【ＳＳＲ】【ＳＳＲ】【ＳＲ】【Ｒ】【Ｎ】

こんなふうにアイテムにランクがあるらしい。

「スマホゲームみたいだな」

「わかりやすくていいでしょ？」

「うん」

「普段目にするのは【Ｒ】がせいぜいで、【ＳＳＳＲ】は超レアなのよ？　Ｓの数で、トリプル、ダブル、シングルって呼ぶの」

「へえ超レア……。『１／10』っていう数値が見えるんだけど？」

「ああ、スキル習熟度のことね。ＭＡＸまでいけば、その武器を装備せずにそのスキルが使えるの」

「なるほど。そういうことか」

町を歩き手頃《てごろ》な宿屋を見つけ、おれたちはそこに宿泊することにした。

一泊二食付きで八〇〇〇リン。

リーファいわく、どこもこんな感じの値段だそうだ。

二人でこの値段なら日本と同じくらいか。それよりも安いかも。

まず食事することにして、飲み屋も兼ねている一階の食堂に入った。

「魔焰剣《レーヴァテイン》を当てたやつが出たらしいぜ？」

「マジかよー。おれ狙ってたのに」

すでに飲み食いしている人たちがそんな話をしている。

当てたの、おれなんです。ぐふふ。ニマニマが止まらない。

席に着くと宿泊客用の夕食が出された。

パン二つにスープとパスタ。

さっそくリーファはパンにかじりつく。

おれもパンを食べ、ジャガイモのスープを飲む。

うん、美味《うま》い。口に合わないかと思ったけど、そんなことはなくてひと安心。

夕飯を食べ終えたおれたちは、二階の一室へ入った。

ばふっとリーファがベッドに飛び込む。

「はー、お腹いっぱい～。天界から連絡はないし、本格的にこの世界でやっていくことになりそうね……」

おれも別のベッドに腰掛けた。

隣のベッドで美少女がごろごろしてる。

女神ドレスから伸びる細い脚。真っ白な太もも。小ぶりなお尻。

どうしてもチラチラと目がいってしまう。

「ねえジンタ、これからどうするの？　冒険者にでもなるの？」

「冒険者っていうと、魔物を討伐したり宝探ししたりしてクエストをこなすあれのこと？」

「そう。能力さえあればお金も稼げる。もちろん、安全な仕事じゃないけど」

「危険上等」

「ふうん……そう……」

そのまま、リーファは眠ってしまった。

おれも寝ようかな。結構疲れたし。

けど……思った通り、全然寝つけない。

種族：人間
名前：風見仁太
Ｌｖ：１
ＨＰ：３０１２／４０１２
ＭＰ：２００７／３００７

力　：２００９
知力：１５０６
耐久：５
素早さ：６
運　：９９９９９
スキル
【黒　焔《ダークフィラメント》】１／10
【灰燼《アッシュ》】１／10

ＨＰもＭＰも結構回復してる。
……どうせ寝つけないし、魔焔剣《レーヴァテイン》を試しにいこう。
宿を出て、レフォン平原に続く町の出入り口を目指す。
ほとんど町は寝静まっているけど、酒場にはまだ明かりが灯《とも》っていた。
出入り口が近づくにつれて、警備兵らしき人が二人立っているのが見える。
盗賊対策とか、そんなところだろう。おれ、怪しいヤツって思われないかな。
身分証とかもないし、服装も社畜コス（カッターシャツにスラックス）のままだ。
ここは、同僚風のこなれた挨拶《あいさつ》ですり抜けるしかない――――！

警備兵の二人はあくびをしたり、話をしたりして退屈を紛《まぎ》らわしている。

よし——。

「おつかれぇーっす」

「おう、お疲れ」

よし、通れた！　このままサクサク立ち去って——

「おい、あんた」

げ。

「もしかして——昼間のあんちゃんか？」

ん？　あんちゃん？　あ。この人、ガチャ沼にハマってた旦那さんだ！

防具つけて、ＴＨＥ兵士みたいなカッコしてたから全然気づかなかった。

昼間ガチャ屋にいたのは、今日夜勤だったからか。お疲れ様です。

「えと、どうも」

軽く会釈《えしゃく》していると、旦那さんが同僚にガチャ屋の出来事を説明しはじめた。

「え。じゃ、この人が特賞を一発で当てたっていう、あの？」

「ああ。スゴかったんだぜ？　オレにゃあ、ちょっとしたオーラみてぇなもんが見えたもんさ」

おぉー、と同僚さん。

……そこ、そんな感心するとこ？

同僚さんがずいっと近寄って、おれの手をぐっと握った。

「おーし！　これでおれも何か良いアイテム出るかもしれないな！」

おれ、なんか縁起物的な扱いされてる。

旦那さんも「じゃオレも」とついでに握手。

「あんちゃん、こんな時間にどこ行こうってんだ？　夜はあまりレフォン平原に行かないほうがいい。ベヒモスがいるの知ってるだろ？」

「ちょっとした散歩なんで、大丈夫ですよ」

おれはそう言って町を出た。

あんなふうに脅されると、パンピーとしてはかなりびびる。

こちとら、戦った経験はゼロなんだ。あのゴブリンはノーカウント。

でも、冒険者としてこれからやっていくんなら、ちょっとくらい経験積んでおかないと。

月明かりを頼りに道を進んでいると、黒い大きな岩のようなものが遠くに見えた。

でっかい岩だな……。

あんなところに岩なんてあったっけ？

ま、いいや。

柄《つか》に手をかけて、一気に鞘《さや》から剣を引き抜いた。

「……？　リーファ、使えないって言ってたけど、使えるんじゃないのか？」

よし、あの岩にむけて軽く試し撃ちしてみよう。

「……超長距離から撃てるって話だったよな、魔法」

つか、どうやって撃つんだ？

これだけでもリーファに訊いとけばよかった。

剣を抜いて体の前に立ててみる。

すると。

足元に真《ま》っ赤《か》な魔法陣が広がった。

「うわ。すげー、魔法使いみたい！」

子供みたいな感想だと自分でも思った。

やっぱ使えるんだ、この剣。

剣を見れば、禍々《まがまが》しい黒い焔《ほのお》が刀身を包んでいる。

撃てるのか……？　てか、当たるのか？

体の中から力が抜けていくような感覚がある。

どうやら、ＭＰが吸い取られていっているみたいだ。

刀身には、いつの間にか剣の根元から切っ先にむかっていくつも赤黒い魔法陣が出来ていた。

剣を上段に構えて、スキル名と共に振りおろしてみた。

「【黒　焔《ダークフィラメント》】！」

瞬間、焔が剣先に収束し、黒い炎弾となって放たれた。

炎弾は唸りをあげて、一直線に岩へ飛んでいく。

ドガァァァアアン！

直撃したと思った直後、真っ黒な光が夜を塗りつぶす。
轟音《ごうおん》が響き、凄《すさ》まじい衝撃波が原っぱを駆けた。
「グガァアォオオオオオンンンンンンン――ッ!?!?!?」
岩だと思ったそれが大きな悲鳴をあげた。
手があって、足があって、尻尾《しっぽ》があるのが見える。
……あれ……岩じゃないの?

種族:巨竜種
Lv:60
HP:0/28600
MP:590/590
力 :710
知力:211
耐久:474
素早さ:189
運 :46

「――あ。ベヒモスだった」

岩じゃなかったのか……てかＨＰゼロになってるんですけど⁉

もくもくとあがる土煙《つちけむり》の中で、ベヒモスは黒い炎で焼かれて塵《ちり》になった。

一帯の煙が晴れると、あたりには一〇〇メートルほどの巨大なクレーターが出来ていた。

あんなに強そうだったベヒモスは、永晶石《コア》を遺《のこ》して跡形もなく消え去っていた。

「ナニコレ」

さっきの魔法、ちょっと可愛《かわい》い核兵器じゃねーか。

狙いがどうとか関係ないですね、これ。

超長距離＋超広範囲＋超絶破壊力
戦闘素人《しろうと》のおれにも、安心して魔物をやっつけられました。

周囲の草や樹木は例外なく塵《ちり》になっている。

もう、【燃える】っていうレベルを通り越してる……。

クレーターの中を進んで、爆心地にやってくる。

落ちていた永晶石《コア》の色は、今回も白銀だった。

一応おれが倒したんだし、回収しておこう。

遠くからじゃわからなかったけど、ベヒモスの破片がところどころに落ちていた。

牙らしきもの、角らしきもの、鱗などなど。

これも回収しておくことにして、全部アイテムボックスに放り込んでおく。
あ。ベヒモス倒したおかげでＬｖがあがってる。

Ｌｖ：18
ＨＰ：３２２０／５４００
ＭＰ：３２９／３６００
力　：２２００
知力：１６５０
耐久：１２０
素早さ：１７０
運　：９９９９９
スキル
【黒焔《ダークフィラメント》】１／10
【灰燼《アッシュ》】１／10

耐久値も素早さもそれなりの数値になっていた。

でも、さすがにＭＰ消費が激しい。

もうちょっと加減出来たらよかったんだけど。

「けど、初めてだし、上出来だろう」

焦《こ》げ臭さの残る平原に背をむけ、来た道を戻り、町へと帰ってきた。

町を出てから、まだ一五分も経《た》ってないだろう。

さっそく見張りで入口に立っていた旦那さんと同僚さんに見つかった。

「おいあんちゃん、大丈夫だったか⁉　さっきすげー音がしたが……」

「ああ。あのベヒモスをちょっと倒してきました」

「「なにぃいいいいいいいいいいいいい⁉」」

声ぴったりだ。

「べ、ベヒモスっていやあ、今日あの【クレセントライツ】が討伐《とうばつ》に失敗したんだぜ……？」

「くれせん……え、誰ですかそれ」

「兄さん知らねえのか。ランキング四位の超有名討伐ユニオンだ」

「でも、ほらこれ。角とか、鱗《うろこ》とか、牙とか」

アイテムボックスから一個ずつ出して見せる。

爆風のせいか服が焦げ臭くなってる。こりゃ、新しい服買わないと。

「じゃ、じゃや、何か？　さっきのドでかい音はあんちゃんがやったっていうのか？」

「あ、はい」

同僚さんは目を白黒させながら後ずさっている。

「クレライが七時間戦って倒せなくて撤退したのに……」

旦那さんは、あぜんとおれを見つめている。

おれにそんな趣味はないから、じっと見つめるのはやめて欲しい。

魔法を使ったこともあって、いい具合の疲労感がある。

これならベッドに入れば即眠れそうだ。

「じゃ、おれは宿に戻ります。おやすみなさい」

あぜんとしている二人に別れを告げて宿へむかう。

部屋へ戻ると、リーファが起きていた。

「どこ行ってたの……？」

ん？　なんで涙声？

「ちょっと外に。なんか寝つけなくて」

「わたしを置いてどこか行っちゃったかと思ったじゃない……一人にしないでよ」

「そのくらいで泣くなって」

リーファのベッドに座り頭を撫《な》でてやった。

「泣いてないわよぅ……」

とか言いながら鼻をすすって目元をぬぐっている。

「泣いてるじゃねーか」

むう、とリーファがこっちを見つめてくる。

あれ。意外と顔の距離が近い。

暗がりなのに、綺麗な顔の造りをしているっていうのがよくわかる。

リーファの顔が真《ま》っ赤《か》なのがすぐわかった。

「わ、わたし、あ、あっちで寝るからっ」

「え。それならおれがあっち行くから、リーファはこのベッドで寝れば――」

移動しようとするリーファを引き寄せようとすると、ちょっと強かったみたいで。

「え？　わわっ」

「――」

むちゅ、と次の瞬間には唇同士が衝突していた。

「んっ……～～っ⁉⁉」

目が合うと赤い顔のままリーファはグルグルと目を回しはじめ、そのままベッドに倒れた。

い、今のは……。…………、き、キスで、いいのか……？

訊こうにも相手は目ぇ回してるし……おれもなんか顔が熱い。

きょ、今日はもう寝よう……。

「…………………………………」

魔法使おうが何しようが、結局、全然眠れない転生初日だった。

二章　焔《ほのお》とドラゴン

「わたし、ジンタのお手伝いしようと思うの！」

「……なんだよ急に。まあ座れよ。みんな見てるし」

ガタッと立ちあがったリーファにむかって言った。

朝食中にいきなり何を言い出すのやら。

「手伝うって、何を？」

「冒険者になるんでしょ？　だから、その手伝い」

起きてしばらくは、おれもリーファもお互い意識しまくり。

目が合うたびに慌《あわ》てて目をそらすの繰り返し。

一言もしゃべらなかったけど、朝食をとるころには元の調子に戻っていた。

「他《ほか》に行き場所なんてないし、巻き込まれたのも何かの縁ってことで納得することにしたの」

リーファが教えてくれる情報は、かなり役立つ。

この世界の外の存在だからなあ……おれもそうだけど。

地形と魔物のことをナビしてくれれば、ダンジョンの難易度がぐっとさがりそうだ。

それに、リーファみたいな可愛《かわい》い子が手伝うって言ってくれるのは素直に嬉《うれ》しい。

「手、出して。改めてよろしくね！」

「うん、こちらこそよろしく」

改めておれたちは握手した。

朝食を終えて宿屋をチェックアウトすると、おれたちは道具屋へむかうことにした。

「また永晶石《コア》を換金するの？　って、いつ魔物倒したのよ」

「ああ、夜のうちに。ベヒモス？　だっけ、あのでかいの」

「へ？　ベヒモス？　あれを？？　ジンタ一人で？？？」

「うん」

「またまた、そんな嘘《うそ》ついてー。あのサイズを一人でなんて無理無理」

「よいしょっと」

アイテムボックスから鱗《うろこ》やら牙《きば》やらを取り出す。

「嘘じゃないぃいいいいいいいいいっっ⁉」

ひっくり返りそうなほど仰天するリーファ。

良いリアクションするなあ。

「ガチャで当てた剣あったろ？　そいつでドカンと」

「うーん、本物っぽいわね……この鱗とか。にわかには信じられなかったんだけど、本当に倒してきたのね、ベヒモス……。剣、使えたんだ？」

「普通に使えたぞ？」

「良かったわね、使えて」

「うん。なんか、チョイだったぞ。ベヒモス倒したとき。チョイ」

「チョイ？　そんな簡単に倒せるわけないじゃない」

っつってもな……そうやって倒したんだけど。

それもこれも剣のお陰だ。

この剣が使えるんなら、おれじゃなくたってベヒモスは倒せただろう。

「どうしてみんな、使えないんだ？」

「鞘《さや》から抜けないらしいの。それで転売の繰り返し」

「それで……。おれは普通に抜けたんだけどな……」

「どうしてジンタは使えたのかしら」

ステータスには詳しいことは書かれていないから、リーファにもわからないようだ。

結果としての事実や世界的な常識や情報はわかるけど、どうしてそうなったのかという過程は、天界にいてもわからないそうだ。

お互い首をかしげながら、町を歩き昨日と同じ道具屋に着いた。

店内は教室半分くらいの広さで、様々な薬や雑貨、日用品などが棚に並べられている。

「まいどどうもぉ」

カウンターに座る店主らしき人の挨拶《あいさつ》に、おれも「ども」と簡単な会釈を返す。

短めの髪に両耳にピアスをしている。

判断に困るけど、この人は、おじさん風のおばさんだ。

「持ってきた物を見てもらえますか？　値段次第では売却したいんですけど」

「いいわよぅ。どれ？　見せてみなさい」

おれはベヒモスセットをアイテムボックスから取り出し、カウンターに載せる。

「あらぁ、どこから出したのよぅ？」

「あーええっと、そういう魔法です」

「ずいぶん便利な魔法ねぇ。――って、アナタ、今噂《うわさ》のベヒモスの鱗じゃないのよ」

噂？

昨日この世界に来たばかりのおれたちが、そんなこと知るわけない。

ナントカカントカっていう人たちが討伐に失敗したっていう話は聞いたけど。

「わたしたち、この町に来たばかりなの」

「あら、そうなの。……どこにいたベヒちゃん？」

「そこの平原にいたやつです」

「やっぱりぃ？　あなた、冒険者には見えないけれど……。ベヒちゃんがクエスト対象の魔物だっていうのは知ってて？」

そうなの？

「知らなさそうねぇ。難易度は上から二番目のSSなのよぅ？」

……マジですかい。

でかい魔物だったし、おっかない雰囲気だったけどそんなに強い魔物だったとは。

「これねえ、アタシのところで売っちゃあダメよぅ？　これ、クエストの成果みたいなものだから。……だけれどアナタたち、クエストを受けていたわけじゃあないんでしょう？」

「はい」

「そうよねぇ。クエストを受けるには最低四〇人の冒険者が必要なんですもの」

「「…………」」

四〇人も……？

確かに、はじめてベヒモスを見たとき戦っていた人は、それ以上いたかも。

「冒険者ギルドのほうへ持っていきなさい、これは」

「わかりました。それと、服を買いたいんです」

「あら。それなら良い物を見つくろってあげる」

「あまり高いのじゃなくて、ユ〇クロ的なやつで――」

あ。ユ〇クロなんてあるわけないか。ここ異世界だってのを忘れてた。

「なかなか良いセンスしているじゃない。ユニクロを選ぶなんて」

あるんかい！

「ジンタ、よくユニバースクロースのこと知ってたわね？」

はい？　ゆにば……？　え？

「ここ最近、有名になった服飾専門ユニオンのことで、略してそう呼ばれてるの」

この世界にも、ユニ○ロがあるのか。

おばちゃんの呼ぶ声がして奥へ行くと、何着か用意してくれていた。

「こういうのとか、いいんじゃないかしら？　彼女も喜ぶんじゃない？」

「いやっ、ちが、リーファとはそういうんじゃ、ないんで……」

そんなふうに見られてたのか。なんか恥ずかしいな……。

オススメの一着を渡されて試着室で着替えると、サイズはちょうどだった。

襟《えり》付きのジャケットにシャツ。下は細身のズボンにブーツ。

不思議と堅苦しくないし、肩や脚も動かしやすくて良い。

ベルトも剣を吊《つ》るための仕組みになっていてかなり便利だ。

似合っているかどうかはわからない。

元々ファッションに興味あんまなかったし。

値段は一万二〇〇〇リン。上着にズボンにシャツに靴を揃《そろ》えてこれなら安いほうだろう。

買うことにして表に出ると、店内を見回っていたリーファが戻ってきた。

「もー、いつまで時間かけてるのよ」

「そんなに時間かかってないだろ。せいぜい一〇分だ」

こっちを改めて見ると、あ。っていう顔をするリーファ。

服、変だったかな……？

「どぉ？　いいでしょう？」

『なにそのカッコ！　あはは、微妙ー！』

みたいな反応だろうなー、と思っていたら。

チラッとこっちを見て、小さくリーファがうつむいた。

「………カッコいい、です……」

すごく小さな声だったけどそう聞こえた。

や、やめろよ、リアクションに困るだろ！　カッコいいとか言われ慣れてないんだから！

ちょ、おばちゃん。おれたち見ながらニヤニヤすんな！

その生温かい眼差《まなざ》しをやめろ！

「はぁー、ステキねえ、若いって。いいモノ見せてもらったし一万にまけてあげるわ」

見せモンじゃないんですけどねえ？　でも、安くなったからいいや。

「冒険者ギルドに報告するときに、絶対必要になるから書いてあげるわねえ？」

そう言って、おばちゃんは用紙にさらさらとベヒモスの鑑定書を書いてくれた。

永晶石《コア》を換金して、おばちゃんにお礼を言っておれたちは店を後にした。

町を歩いていても、この世界基準の普通の人に見えるようになったみたいだ。

最初来たときは、チラ見の嵐《あらし》だったもの。

それでも、隣を歩くリーファに集まる男どもの目線の数は減ることはなかった。

顔が良いとかそういうのもあるけど、なんかちょっとしたオーラがある。

「さすが女神様……」

「何か言った？」

「いや、何でもない」

道具屋を出てしばらくは、よそよそしい態度だったリーファ。

でもこの格好に見慣れたのか、今ではもういつも通りだった。

「永晶石《コア》を買い取って、あのおばちゃんはどうするんだろう？」

「あぁ、それを国に後で売り渡すの。前、特別な道具があれば魔力を抽出出来るって言ったでしょ？悪用を避けるために国が魔導器を管理しているんだけど、有事のときのため抽出した魔力を溜《た》めこんでいるの」

「有事のとき？」

「うん……戦争とかね。魔法使うためのエネルギーみたいなものでしょ、魔力って。ステータスで言えばMPだけど。アルガスト王国では、それだけ魔法使いの『火力』を重要視してるの」

「じゃ、永晶石《コア》はおれが直接持ち込んでもいいワケだ」

「それがね、出来ないようになってるのよ。鑑定資格っていう公式の資格があって。それを持っている人じゃないと取引はさせてもらえないの。ロクデナシが、色を誤魔化《ごまか》して売りつけようとするでしょ？」

なるほど。そんなふうになってるのか、永晶石《コア》を売った後って。

町を歩いていて聞こえてくる話は、魔焰剣《レーヴァテイン》を当てたやつが出たって話題ばかりだ。

「【アイテム賭場《とば》】ってボロ儲《もう》けだよな。みんなお金を使っていくし」

宝くじの感覚に近いのかな。

おれがぽつりと言うと、リーファが応《こた》えた。

「そのお金で、有名ギルドに依頼してレアアイテムの探索をしてもらったり、他の武器屋から持ち込まれたアイテムを買い取ったりしてるのよ」

「そういう仕組みなのか。けど、暴動とか起きないの？　景品が当たらねえぞって」

「だから、極々まれに、大当たりを出すんじゃない」

それを見たり聞いたりした人たちは希望が湧《わ》いてくる、自分も当たるかもしれない、と。

そんで、またガチャに投資するワケだ。なるほどー。

「けど、おれの魔焔剣《レーヴァテイン》とか景品にしても良かったのか？　おれみたいに使える奴《やつ》で、そいつが悪い奴だったら相当ヤバい代物のような……。悪用されたらどうするんだろう」

「ベヒモス倒したって聞いたあたりで何かおかしいなぁって思っていたんだけど……。その剣のステータスってどうなってるの？」

不思議そうな顔をするリーファに以下を伝えた。

【HP＋4000　MP＋3000　力＋2000　知力＋1500】

「……………ジンタそれ、本来のスペックの一〇倍……」

「ふぁ⁉」

「ゼロ一個多い。……なんでだろう？？」

「原因があるとしたら、やっぱり限界突破した【運】の数値にあるんじゃないか？」

「【運】で武器のスペックを一〇倍、なんてことは出来ないけど、そもそもジンタ自身がイレギュラーだから、その不規則性と限界突破した【運】が武器をおかしくさせているのかも。剣が抜けるってことも含めて」

「じゃおれが持ってないと、このスペックにならないってこと？」

「試しにわたしに貸して？」

おれが魔焰剣《レーヴァテイン》を渡すと、リーファは眉《まゆ》を寄せた。

「どうかした？」

「え？　ううん……なんかこの剣、変な感じしない？」

「変な感じ？」

「不快っていうか、気分悪くなるっていうか……」

「そうか？」

リーファは気のせいかしら、と納得いかなさそうに唇を尖《とが》らせた。

種族：神族
名前：リーファ
Ｌｖ：１
ＨＰ：11／４１１

ＭＰ：14／３１４
力　：２０３
知力：１５３
耐久：２
素早さ：１
運　：１

スキル
【黒　焔《ダークフィラメント》】１／10　消費ＭＰ――
【灰燼《アッシュ》】１／10　消費ＭＰ毎分15

「あ、ステータス、おれが装備したときのちょうど一〇分の一。消費分もだ」

リーファが剣を抜こうとするが、ビクともしなかった。

「やっぱりダメね……。何なのかしら、収めているだけで感じるこの邪気《じゃき》……」

ステータスを見ても、剣がどうしてそうなったのか、なんて説明はない。

ていうことは、リーファもこの剣についてそれ以上のことはわからないんだろう。

魔神を倒したのが、最初の持ち主である勇者らしい。

その後持ち主たちが転売を繰り返したそうだけど、謎《なぞ》の多い剣だな、これ……。

リーファから剣を返してもらい、腰に戻した。

「……ところでジンタ。今の所持金はいくらなの？」

「何で急にそんなこと訊《き》くんだよ？」

「あのぅ……、一回わたしもやってみたいんだけど……」

ちょん、ちょんと袖《そで》を引っ張ってくるから、何かと思って歩くと。

【アイテム賭場】に連れてこられた。

……何？　やりたかったの？

瞳《ひとみ》を爛々《らんらん》と輝かせながらリーファは言う。

「わたし女神だし、イケると思うの！」

いや、イケねーよ？

レベル１だってお伝えしましたよね？？

何でそんな自信満々なんだよ。それで残金訊いてきたのか。

「何か欲しいモンでもあるの？」

「これ！」

ズバッと指差した先にあるのは、【金石　湖畔の一戸建て】。

ちなみに一番上の【魔焰剣《レーヴァテイン》】のところには大きく二重線が引かれている。

その節はどうもお世話になりました。

「家か……ずっと宿生活ってワケにもいかないのは確かだけど……」

「ね？　ね？　重要でしょ？」

こいつ、家を口実にガチャやりたいだけなんじゃ……？

おれがガチャやるときは散々無駄遣いすんなって言ってたクセに。

「そんな簡単に当たんないって。リーファの【運】の数値【1】なんだぞ？　ムリムリ」

「やってみないとわかんないじゃない！　だから一回だけ！」

「まあ、おれもやったし……一回だけだぞ？」

アイテムボックス──略してアイボから財布を取りだす。

一〇〇〇リンを渡すと、リーファは不満そうに唇を尖《とが》らせる。

「一万リンのほうがお得なのよ、ジンタ」

「わかった、わかった」

一万リン札を渡してやると、無邪気な笑顔をのぞかせた。

「ありがとっジンタ！」

コホン、とおれは咳《せき》払いする。

「ガチャをする町の人は、おれの御利益《ごりやく》にあずかろうとしておれに抱きついてきたんだが、リーファもどうだ？」

正確には握手だけど。

「イヤッ。なんかエロいこと考えてそうだから」

なんでバレたし。

「そんな胡散臭《うさん》いジンタの御利益なんかよりも、本物の女神の力ってやつを見せてあげるわ」

そう言い残して、リーファは意気揚々と店内に入っていく。

盛大にフラグ立てて行ったけど大丈夫か……？

店内は昨日ほどの人はいないけど、それでもお札を握り締めた人たちが列をなしていた。

しばらくすると、ガラッとリーファが中から出てきた。

「お。どうだった？」

一一個のカプセルと引換券を抱いているリーファはすでに半泣きだった。

……きちんとフラグ回収してきやがった。

「ねぇ……もう一回！　もう一回やったら絶対出るからぁあ！」

「出ねえよ。そういうこと言う奴は一生出ないって相場が決まってんだよ」

まともなアイテムなら、カプセルの中には色付きの石。

それ以外のゴミなら、適当な字で景品名が書かれた引換券が入っているんだけど……。

何当てて来たんだ、このポンコツ女神様は。

【N　平原の石ころ】×5
【N　カビの生えた雑巾《ぞうきん》】×3
【N　落書きに使える枝】×3

掛け値なしのゴミアイテム……つかまんまゴミ。頭抱えるわ……。

「――そ、そんなに落ち込まないでよっ！　つ、次は当てるもん！」

良いカモかよ。

「どうすんだよ。一万リンつったら、あの宿にもう一泊してまだ二〇〇〇余ったんだぞ？　ちょっと美味《おい》しそうなおやつとか買い食い出来たんだぞ？」

「お、おやつ……。で、でも家を当てれば全部チャラなんでしょ？　やったげるわよ」

「やらせないから」

リーファはしょんぼりと肩を落とした。

「昨日と立場がまるっきり逆だな」

「……わたしは、ちょっとでもジンタの負担を減らそうって思っただけなのに……お金だってすぐなくなっちゃうだろうし……」

……急にしおらしくなると、なんか調子狂う。

むしろこの感じ、悪いのは金渡さないおれのほうな気が。

「なあ、リーファ。家が欲しいのか、ただガチャしたいのか、ぶっちゃけどっち？」

「家に決まってるでしょ！」

「じゃ、別におれが家を当てても問題ないわけだろ？」

「んー、それはちょっと違うっていうか……」

気持ちはなんとなくわかる。

自分で当てたっていうのは結構気分が良いから。

「それに、ジンタ意地悪だから家を当てても、『ココ、おれんちなんですけど？　おまえの家じゃないんですけど？』って言いそう」

なんだ、その似てないおれのモノマネは。

「そんな意地悪言わないって。もし当たったら、一緒に住めばいい」

「あう……っ、わ、わたしもそのぅ……そのつもりだったんだけど……、なんだろう……言葉で言われると、なんか、照れるね？　えへへ……」

はにかみながら女神様は言う。

「待ってろよ。家じゃないにしても、売れば当面金の心配しなくてもいいレベルのアイテム当ててくるから」

「うん、頑張ってね！」

女の子の素直な応援って、なんでこう男をやる気にさせるんだろう。

……当ててくるとは言ったけど、大丈夫なのか、おれ。

さっき自分で言ったセリフは、失敗フラグだったのではないでしょうか。

前回のは、超絶ビギナーズラックだったのではないでしょうか。

でも、やるしかない。

店内に入って列の最後尾に並ぶ。

どことなく、昨日感じた熱はなく、みんなどこか淡々とガチャを回している。

小さくガッツポーズしたり、ため息ついたりするのは、まあ、よくある光景だろう。

一番豪華な景品がもうないからかもしれない。

順番が回ってくると、受付のお姉さんの前に立つ。

「いらっしゃいませ」

顔をあげたお姉さんの表情が一瞬険《けわ》しくなって、元のにこやかな表情に戻った。

お姉さんだけじゃなく、他の店員も仕事の手を止めてこっちを見ている。

ガチャ屋の空気がガラリと変わった。

「また来ました」

「昨日は、見事なビギナーズラックでしたね」

「どうして初心者だってわかったんです？」

「何が当たるかわからないから、と試しに一〇〇〇リンを投資するのは、初心者だけですから」

なるほど。よく見てるな、この人。

「また、『試し』にやってきたんですか？」

「いえ。今日はウチの女神様が、家が欲しいって言うんで」

店員たちがひそひそと耳打ちをしている。

「もらいに来ました——家」

おぉ、とおれの啖呵《たんか》を聞いていた客がざわついた。

「出るといいですね」

笑顔は笑顔だけど、どこか不敵な雰囲気が出ているお姉さん。

当てられるものなら当ててみろって感じ。

おれがどこか不審に思っていると、

「ここは【アイテム賭場】です。運営側に有利な仕掛けやお客様に不利になるような仕掛けは一切《いっさい》ございません。例外はございますが、ご安心ください」

それもそうか。万一イカサマやってるなんて知れたら、誰《だれ》も来なくなるだろうし。

「いくら投資されますか？」

「一〇〇〇リンで」

「ちなみに、毎回カプセルは補充していますので、誰がいつ回しても確率は同じです」

「閉店近くに行けば良い物が出やすいなんて、セコい考えしてないんで」

自信満々な風を装っているけど、実のところ、家を当てたいなんて思ってない。

リーファのせいで一万を無駄にしたから、ぶっちゃけもう無駄遣いしたくない。

一万分を取り返せるくらいのアイテム当たればいいなーっていう程度だ。

それでも、ゴミアイテムが当たる確率は高いんだろう。

だって、お姉さんの後ろにいる店員たち、

『プスス、あんなこと言って、当たったのはゴミアイテムですって。ざまあ！』

って、すごく言いたそう。

「では、どうぞ」
筐体《きょうたい》の前でハンドルを摑《つか》む。なんか、レアアイテム出ないかなー。
リーファに応援された手前、ゴミアイテムでした、じゃカッコつかないし。
ぐりぐり、と回すと、ががらと中のカプセルが動く。
ことん――。カプセルを拾って、中を確かめる。
あ。……やっちまったかな、これ……。
黄色じゃんか。黄色って何がもらえるんだ？
【黄色石　使い古しの革盾】
あー、微妙だなぁ……使えなくはないけど。
ん。どうしたみんな？　固まって。
「あの……お姉さ――、うわ、だ、大丈夫ですか⁉」
お姉さんが立ったまま白目むいてる――⁉
リアルで白目する人はじめて見た！
け、痙攣《けいれん》をはじめたっ⁉
ビクンビクンしてる‼
こ、このガチャ屋にお医者様は――⁉
バタリ。そのままお姉さんは真後ろに倒れた。
他の店員も、目まいを堪《こら》えるようにこめかみを押さえたり、うずくまったりしている。

「ひ」

店員と目が合っただけでズザザザザと距離を取られた。

何気《なにげ》に傷つく……。

店内の空気がおかしい……。

みんな、おれのことを化け物かなんかみたいに見てくる。

「ジンター！　どうだったー？」

リーファが窓の外から訊いてきた。

「黄色だった」

石を見せると、お客さんの一人が言った。

「あの、それ……黄色じゃなくて、金ですよ……？」

「へ？　あ、そうなんですか。金ってはじめて見るもんでつい勘違いを……ハハハ」

あ。ホントだ。景品表の下に見本がある。

ん？　金？　金色って何が当たったんだっけ……。

「…………」

い、家当たっとるぅうううううううう――――!?!?

おれがビビるわ!!

「金!?　ホントに!?　すごいじゃん、ジンタ！　家だよ、家っ!!」

喜びいっぱいのリーファは、また外できゃーきゃー騒いでいる。

「あ、当たりました」
ガッツポーズすると、パチパチパチ、とお客さんたちから拍手された。
どうも、すみません、なんか。また当てちゃって。ははは……。
険《けん》のある視線がいくつもこっちに飛んでくる。
どれもこれも店員からだ。
え。何。何か文句あるワケ？
お客様は神様って言葉知らねーの？　ねえ？　んん？
ゴミアイテムが当たると思った？
残念、家でしたー！
「こ、こちらへどうぞ……」
別のお姉さんが声を震わせながら奥の部屋へとおれを案内した。
なんか、怒りを堪えているような。けど、怒るのも仕方ないか。
景品をエサにしてみんなにガチャしてもらうものなんだし。
案内されたのは、昨日通された事務室だった。
お姉さんが金庫の中から鍵《かぎ》を持ってくる。
「場所は――」
地名は聞いたけど、どこにあるのかさっぱりわからない。あとでリーファに訊こう。
また地下道へと促される。

「帰り道、くれぐれもお気をつけくださいね？」

「はい」

何かされるのかと思ったけど、そんなこともなく、地上に出てリーファと合流した。

「ジンタには女神の加護があるんだから、これくらいあったりまえよね！」

喜色満面でリーファは言う。

加護を与える側の女神様は惨敗してたけどな。

でも、こんなに喜んでくれるなら、当てた甲斐《かい》もあったもんだ。

「エルム湖ってところのそばにある木造の家なんだとさ」

「エルム湖か……。歩いて半日くらいかな」

「結構歩くんだな……車か何かがあったら便利なんだけど」

「この世界に自動車はないから、馬か馬車が一般的な乗り物になるわよ？」

うーん、おれは馬に乗れないしなあ……。

「馬車乗ろうか」

「うん。馬車はあっちで乗れたはず」

リーファマップに従って歩くと、西側の出入り口で馬車と御者《ぎょしゃ》のおじさんを見かけた。

エルム湖までなら、一万リンほどかかるそうだ。

歩くのも嫌だから承諾して、おれとリーファは馬車に乗り込んだ。

馬車が動き出したのはいいけど、ガタガタと結構揺れる。

ときどき尻《しり》が浮くほどの衝撃があったりなかったり。

「日本の道と一緒にしちゃダメよー？　うぅぅぅ……」

「きちんと整備されてるからなぁ、現代は。おい、リーファ大丈夫か、顔真《ま》っ青《さお》だぞ？」

「こ、こんなに揺れるなんて……酔ったぁ……」

早ぇな！　まだ出発して五分くらいだぞ。

そんなリーファの体調を考慮してか、馬車が止まった。

って、考慮するわけないか。……じゃあ、どうして？

小窓から外を見ると、抜き身の曲剣《きょっけん》を持っているヒゲ面の男が何人かいた。

……うん、これ、あれですわ。盗賊の襲撃的なやつですわ。

馬で追いかけてきたらしい。

ガチャ屋であとをつけられたか、ガチャ屋が情報を流したかのどっちかだろう。

「おい、おりてこい！」

とか言われてる。

「ぎもぢ、わるい……」

おれは一人で馬車をおりた。

リーファは、まあいいだろう。どうせグロッキーだし。

周囲には、盗賊風の男たちが七人いる。

御者のおじさんは膝《ひざ》立ちになって両手を頭の後ろに回していた。

「おい！　お前、ガチャで家が当たったらしいじゃねえか！」

リーダーらしき男が言った。

「あ。よくご存知で。すごいでしょ？」

「ああ。金石は数年に一回当たるかどうかって話だし——ってそうじゃねえよ。俺《おれ》はてめえと世間話してえんじゃねんだよ」

「もしかして……家を寄越せとか、そういう話ですか？」

「話が早くて助かる。そいつを売れば、少々のカネになるからな。もらったんだろ、鍵？」

ニヤけ面のリーダーは手をちょいちょい、と動かす。

鍵を寄越せって？

……家が欲しかったのは、おれよりもリーファのほうだ。

おれだけの物ならさっさとくれてやればいい。

でも、一応、一緒に住むんだからリーファの家でもある。

こいつらなんかに、渡せない。

「兄貴ぃ！」

馬車のほうから声がして、別にいた盗賊の男がリーファを連れてきた。

もう一人いたのか。

女神様の顔がひでえ。

グロッキーな顔面をしてらっしゃる。

「ううう……やめてぇ……揺らさないでぇ……そっとしてぇ……」

「この女どうです？　すっげー上玉でしょう？」

「ほぉ、こいつはなかなか楽しみがいのありそうな女じゃねえか……！」

「やめてぇ…………こっちはキモチワルいんだからぁ……」

リーファは目をグルグル回して、へなへな、と倒れ込む。

その拍子に、手がリーダーのズボンにかかった。

ずるっ。

上手《うま》い具合にリーファがズボンを下まで引きずりおろした。

「――っ!?　こ、こいつ、ず、ズボンを離しやがれ！」

「やめてぇ…………いやあ……」

やめるのは、リーファ、おまえのほうだ。

ズボンから手を離して差しあげろ。

いや、しかし。リーダー顔真っ赤《まか》。

「兄貴……ブリーフ派だったんすか」

「見るな、見るんじゃねぇえええええ!!　くそ、こいつ！　手を離しやがれ！」

「プスス、パンツ丸出し！　全然嬉しくないサービスシーン！　これで兄貴とか。腹痛い！　しかも いい歳《とし》して白ブリーフとか！　草生《くさは》える!!　小学生かよ!!」

おれは腹抱えて地面をのたうちまわった。

やべー。こういう攻撃ズルいわー。

立ちあがれねえじゃんか。

「てんめぇえええええ！　ぶっ殺す！」

ようやくズリ落ちたズボンを元に戻したブリーフリーダー略してブリーダー。

顔色は怒りで真っ赤になって、ぷるぷる震えていた。

周囲の盗賊たちが一斉に殺気立った。

「兄貴を笑いやがったな！　この野郎ぉおおおおお！」

おれは目じりの涙を指ですくった。

はぁー。笑った。ここ最近一番笑った。

気づけば、みんな剣を抜いてヤル気満々な感じだった。

…………。

「――えっ？　戦うの？　この状況でブリーダーと？　ぶははは、今は無理、今は無理！　顔見るだけで吹いちまうっ」

「こいつ、絶対ぇ許さねえ……!!」

えー。戦うのかよ。

種族：人間

Lv：12
HP：2777／2777
MP：80／80
力　：172
知力：21
耐久：129
素早さ：43
運　：22

スキル
恫喝《どうかつ》

多少違いはあれど、だいたいみんなこんな感じだった。
レベル12ねえ。へえ……。

職業：一般人

Lv：18
HP：8000／8000
MP：4000／4000
力　：2980
知力：2660
耐久：125
素早さ：170
運　：999999
スキル
【黒焔《ダークフィラメント》】1／10
【灰燼《アッシュ》】1／10

今のおれ、こんな感じです。

せっかくだし、【灰燼《アッシュ》】使ってみよう。

おれは腰の魔焔剣《レーヴァテイン》を抜いた。

「【灰燼《アッシュ》】！」

スキルを発動させると、刀身が真っ黒な焔《ほのお》に包まれた。
前回同様、焔が禍々《まがまが》し過ぎ……。
盗賊たちが顔面蒼白《そうはく》になった。めちゃくちゃビビッてる。
御者さんもだ！
目ぇ回しているリーファは相変わらずグロッキーだ！　土気色《つちけいろ》の顔色をしている！
ちなみにおれもビビってるからな！　みんなと一緒だよ！
怖《こ》ぇえよ……この剣。
魔王が使ってたって言っても即信じるわ……。本当に勇者が使ってたのかよ……。
「な、何だその焔は！」
ガクブルしているブリーダー。奥歯がガチガチ鳴っている。
他の仲間たちは、チビるやつ続出。
何だそれ、って言われても。
……仕様です。
としかおれは答えられない。
「ベヒモスを殺《や》ったのも、おれなんだぜ？　この剣でな！」
「「「――――ッ!?」」」
リーファ以外の全員がさらに驚いた顔をする。
効果は焔を剣にまとう、程度のことしか書いてなかった。

その焔の魔法が大量破壊兵器みたいなものだったし、その一部を巻きつけているって認識でいいのかな。

恐る恐る、かるーく振ってみる。

ザンッッッッ!!

大地が焼き切れた……。亀裂がぱっくり……。

それが三〇メートルくらい。

「「「うわぁあああああああああ――――っ!?」」」

みんな腰抜かした。

……おれも腰抜かしそうになった。どうにか堪えたけど。

何これ。すごい。

…………………。

「――おいおいおい、盗賊さん。さっきの威勢はどこ行ったんだよ? あぁん?」

明らかにこっちが上と見るや否や、態度がでかくなるおれ。

「鍵が欲しいんだろ? 奪ってみろやぁあああああああ!!」

「ひいっ……」

ずりずりと盗賊たちは後ろへさがり、一斉に逃げ出した。

「「「すんませんっしたぁあああああああああ!!」」」

呆気《あっけ》ないなー。ま、いっか。

「あ、ありがとう。助かったよ」

感謝してくれる御者さんに、おれは苦笑で応える。

「いえ。元はと言えばこっちが原因だったので」

御者さんはそのまま御者台に戻っていった。

剣を収めてリーファの様子を確認しに行くと、さっきより顔色がましになっていた。

なぜかおれの顔を見るなりしくしく泣きはじめる。

「おいおい、どうしたんだよ」

「連れてかれたとき……どうにゃるのかと、思ったの……ぐす」

「助けるに決まってるだろ?」

「……くすん。ありがと……」

「これでも、リーファの情報には感謝してるんだぞ? 見捨てたりしないって。今度は、揺れないようにゆっくり走ってもらおう?」

笑いながら手を取って立たせてやる。

リーファは涙をぬぐうと、ほんのちょっとだけおれに体を預けてきた。

「ありがとね……?」

控えめに手を握ってきたので、おれも握り返した。

馬車に乗り込み、エルム湖にむけて再出発。
慣れたのか、リーファも酔うことはなく、今度は何事もなく馬車は進む。
森に入り、少し進んだ場所に湖があって近くに家があった。
御者さんにお礼と運賃を渡して、別れた。
森の中だからか、空気も湖の水もきれいだ。
静かでいいところっぽいんだけど、町から遠いんだよな。
現代人の感覚で言うならちょっと不便かもしれない。
肝心の家はというと——
「わぁっ！　ステキ」
見た瞬間にリーファの低かったテンションがあがった。
うん、でも気持ちはわかる。
家っていうよりは、ちょっとオシャレなログハウスだったから。
森の中のログハウスって、なんか憧《あこが》れる。
扉の鍵をカタンと開けた。早く早くと急《せ》かすリーファに押されて中へ入った。
広いリビングと、ダイニングとキッチン。あと部屋が三つある。
二人で住むにはちょっとでかいけど、これが自分ちだと思うとちょっとワクワクする。
家具はひと通り揃っていて、部屋の一つには——大きめのベッドが置いてあった。
寝室なんでしょうね、きっと。

「「…………」」

——しゅうううううううう

変な音がして隣を見ると、リーファが頭から湯気を出してた。

湯気出るヤツなんてはじめて見た！　つか、顔真っ赤！

たぶん、何を想像したのかは一緒っぽい。

「わ、わわわわ、わたし、ほ、他、みみみ見てくるねっ」

「お、おう！　お、おおお、おれは隣の部屋見るからな」

逃げるようにリーファがリビングのほうへ行き、おれもすぐに隣の部屋へ入った。

おれもテンパったけど、リーファも結構テンパってたな……。

で、この部屋は書斎っぽい。

壁際の本棚には本が詰まっていて、机とイスがひとつずつある。

どれだけ使われてない家なのかと思ったけど、意外とキレイなまま。

前の住人が退去してから、そう時間は経《た》ってないみたいだ。

本を一冊手にとってページをめくっていると、

「——きゃああ⁉」

奥のほうからリーファの声が聞こえた。

何だ、今度は。大方段差につまづいたとかそんな程度だろ。

「おーい、大丈夫かー？」

一応確認しに行ってみると、玄関扉をリーファが両手で押さえていた。

「何してんだ？」

「ちょ、ちょっと、手伝って！」

押さえるのを？　別にいいけど――。

ドンッ！

「うわっ、何だ⁉」

「くう……、早くジンタ」

尋常じゃないってことだけはわかったから、おれも一緒に押さえた。

「何だよ今の音！　ビックリハウスでしたってオチじゃねーだろうな⁉」

「ある意味そうかもっ」

ドンッ！

うわっ。外から何かのすげー力が……。

「たぶん、魔物か獣か何かが入ろうとしてるのよっ！　ジンタ、早くやっつけて！」

「やっつけてって……」

仕方ないな……。扉から外に出た瞬間。

「ガァアアアアォオオオオオオオ――ッ‼」

ビリビリって空気が震えるのがわかった。

すっげーおっかないやつがいそう……。

ゆっくり振り返ると、熊のふた回りは大きいトカゲがいた。
……でも、翼が生えてんだよな、背中に……。
真っ赤な瞳に、朱色《しゅいろ》の鱗、地面にぶっ刺さってる太い爪《つめ》。
ステータスをちょいと確認。

種族：竜族（幼少）
Ｌｖ：16
ＨＰ：３０００／３０００
ＭＰ：２６０／２６０
力　：３１０
知力：１４０
耐久：３５０
素早さ：１７０
運　：21

【スキル】
咆哮《ほうこう》（自分よりレベルの低い魔物をひるませる）

ブレス（竜種特有の放射攻撃。属性は炎）

竜って、あのドラゴンのこと？

しかも幼少ってなんだよ⁉

このサイズで⁉　すでに十分立派なんですけど⁉

何でこんなところにいるのかとか、そんなの今はどうでもいい。

お子様ドラゴン（らしい。おれは全然認めてないけど）に黙って食われるワケにはいかないんだ。

魔焔剣《レーヴァテイン》を抜いてスキルを発動させる。

「【灰燼《アッシュ》】！」

一気に黒焔《こくえん》が刀身を包む。

「やるっていうなら、容赦しねえぞ？」

魔焔剣《レーヴァテイン》を軽く振って、構えた。

おれも無駄な戦いはしたくないし、ドラゴンってカッケーし、殺したりなんてしたくない。一応子供らしいし。

すると。

おれの剣を見るなり、ドラゴンは顎《あご》を地面につけて、翼をパタパタと動かした。

え。何。何のポーズこれ。

「がぁあ」

いや、がぁあって言われても、竜語はわからんが……。

でも、さっきみたいに殺気立ってないし……、どうしたんだろ。

ギョロついていた瞳もどこか穏やかになっているような……。

あの書斎に、「竜のきもち」みたいなマニュアル本がありゃいいんだけど。

「ジンタ―？　もうやられちゃった―？」

「やられちゃったって訊くのおかしいだろ。無事を確認してくれよ」

「なんか静かだけど？」

「見てみるか？　おれもよくわからないんだ」

中からリーファが出てくる。

「わっ、火竜《ひりゅう》の子供じゃないっ！　しかも――手なずけたの？」

「……手なずけた？？」

おれがきょとんとしていると、「ほら」とリーファが指差す。

「ドラゴンが相手に対して『伏せ』をするのって、心服してる証拠なの。魔物の中でも特にドラゴンはプライドが高くて、滅多にしない行動なのよ」

「はあ……。そうなのか……？」

首をひねりながらドラゴンを見ると、

「がうっ」

いや、がうっ、じゃねえんだよ。

なんだよ、おまえ、いつの間におれのこと認めたんだ？

……原因があるとすれば、やっぱりこの剣だ。もっと言うなら焔。

自分以上の炎使いだって仔《こ》ドラゴンが認めた、ってことなのか？

まあ、確かに魔焔剣《レーヴァテイン》の黒い焔ってイカついもんなあ……。

そんじょそこらの炎じゃないってのを、本能的に理解したってことでいいのかな。

さすが、初代所持者が勇者ってだけはある。

「けど、何でこんなところにドラゴンの子供が？」

「ブレスが火属性だから火竜って呼ばれているだけで、火山の近くとか高温地帯じゃないと生きていけないってわけでもないの。だから森でも生活自体は出来るんだけど……。お母さんとはぐれたのかしら？」

母親がどこかに行ったのか、それともただの迷子なのかは、この状況じゃわからないな。

「雛《ひな》ってわけじゃないんだよな……？」

「うん。このくらいの大きさなら未発達な部分はあるけど、きちんとしたドラゴンよ」

「翼があるってことは空を飛べるってことでいいの？」

「スキルに『飛行』があれば飛べるはず」

さっき見たときにはなかったから、まだ飛べないのか。

「どうするの、この子？」

「どうするって……。せっかくだし、お母さん見つかるまで飼うか」

「がうっ」

ぱたぱた、と翼を動かすドラゴン。

なんか、こうして見ると案外可愛《かわい》いかも。

近づいて鼻面を撫《な》でてやるとくすぐったそうに目を細めた。

ザラザラしてるけど、ひんやりしていて気持ちいい。

おっかなかった顔も、よく見るとキツネみたいな愛嬌《あいきょう》が見え隠れしている。

「名前つけてあげましょ?」

「いいけど、どっちなんだろう……」

するする、と近寄ってリーファがお腹《なか》の下あたりを確認する。

「えっと……な、なかったから、女の子……」

「なかったって、何が?」

もちろん、ナニがなんてわかっている。

「え、え、え、えとその、アレよ、アレ」

かぁっと顔を赤くしたリーファ。

フフン。天界でおれを童貞呼ばわりした恨み。ここで晴らしてくれる。

「アレって言われてもなあ……。おれ、ドラゴン見るの、こいつがはじめてだし……」

「もう、だからぁ~っ、お、男の子の大事なモノよ」

「……プライド？」

「違うっ」

「じゃあ、野心？」

「それも違う！　メンタル的な話じゃなくって、もっと生物として物理的な……」

「あ。身長と学歴」

「そうそう、どうせなら高いほうが良いわよねって違うわよーっ！」

女神にノリッツコミされた！

ますます顔を赤くしながら、知らないフリをするおれにヒントを出すリーファ。

「だ、だからぁ……子供をつくるとき、必要になってくる、アレよ。わ、わかるでしょ？」

鼻くそほじりながら、おれは挙手した。

「せんせー。子供ってどうやって作るのー？」

「もおー！　ジンタのバカぁあああああ！　ふわぁあああああああん――――っ」

どん、とおれを突き飛ばしてリーファは家の中に入ってしまった。

軽く泣いてたな。

まあいい。復讐《ふくしゅう》は果たした。

がう？　とドラゴンは不思議そうな声を出した。

「おまえ女の子だったのか。名前名前……。火竜だし、ひーちゃんで良いよな？」

「がぅうっ」

適当につけちゃったけど、なんか喜んでそうだからいいや。

一応おれの言葉はわかるのな。

しかし、ひーちゃんは何食うんだろ？

ドラゴンなんだし、肉食っているのは想像できるけど。

「お母さん、どこ行ったのかわかる？　ってしゃべれないもんな。……人化《ひとか》のスキルがあったりすれば良かったのにな？」

首筋を撫でると顔を寄せてきた。

うむうむ。愛《う》い奴よのお……。

「そういや、ひーちゃんはいいけど、おれたちの食いもんがねえぞ……」

けど、ここは森。

果物《くだもの》や食べられそうな植物くらいあるだろう。

「森の中、案内してもらえる？　今日来たばっかで、全然わかんねえんだ」

「がうう」

返事をして、ひーちゃんはまた『伏せ』のポーズをする。

「……もしかして、背中に乗れってこと？」

「があ」

「じゃあちょっと失礼して。——お、ぉおおおおお……」

乗り心地はそりゃ車とかに比べれば良くない。

でも『ドラゴンに乗る』っていうだけで、男のロマンは満たされた感ある。

のっしのっし、とひーちゃんは歩き出した。

歩いているけど、人間が歩くよりは速い。

いつか空を飛べるようになったら、もう一回乗りたいな。胸アツな展開です。

森自体そう大きなものじゃなく、一時間くらいで家に帰ってこられた。

森の中で見つけた食べられそうな果実は、片っぱしからアイボ（アイテムボックス）の中へ放り込んだ。

たくさん採ったのが、樹《き》になるパインゴっていう果物だ。

これが結構イケる。梨《なし》っぽい甘さにほんの少し酸味があって。

ひーちゃんにもひとつ食べさせた。

「がぅ～」とご満悦《まんえつ》の様子だった。

ひーちゃんは、家の外で自由にしてもらうことにして、家へ入った。

「どこ行ってたの？」

「ひーちゃんと森に、食糧調達に」

「ひーちゃん？　あ、あのドラゴンのこと。って、それパインゴじゃない！」

「ん？　食うか？」

ひとつ渡してやると、しゃりしゃりとかじりはじめたリーファ。

「うんっ、おいし」

それから、日が暮れるまで簡単に家の掃除をして、パインゴを食って寝ることにした。

「「………」」

寝室の前で直立したおれとリーファ。

「り、リビングにソファあったし、おれ、そ、そっちで寝るから」

回れ右をしたおれの手をリーファがつまんだ。

「べ、ベッド、お、大きかったし、端で、寝れば、だ、大丈夫だからっ」

そ、そういう問題か……？

寝相《ねぞう》の関係で『アンラッキー』起きたりしないですかね。

おれがどう返事していいのか迷っていると、リーファは中へ入ってベッドに寝転んだ。

きちんと端っこ。ばっちりこっちに背をむけてる。

「…………」

なんか、これはこれでショックっていうかなんというか……。

ま、いいや。

おれもベッドに入ったはいいけど、やっぱ隣の気配が気になる。

眠れねえ……。

「くぅ……」とか、「すぅ……」とか、気持ち良さそうな寝息だけ聞こえてくる。

ドキドキしてんのおれだけかよ。

なんてことを思っていても、いつの間にか寝ていて、いつの間にか朝になっていた。

結局『アンラッキー』なんて起きなかったよ！
心配しつつ期待していたおれがバカだったよ！

三章　エルフの嫁

冒険者になるために、ホヒンの町の冒険者ギルドへ行くことになった。

剣や家が当たって、それどころじゃなかったけど、ようやく落ち着きそうな気配だ。

歩くと時間かかるし、ひーちゃんに乗って行くことになったのはいいんだけど――

「や、ちょっと、ひーちゃん、暴れないでー！」

リーファが乗ろうとすると、ひーちゃんが激しく暴れる。

うーん、おれに懐《なつ》いたのであって、リーファに懐いたワケじゃないから仕方ないっちゃ仕方ないんだけど。

「ふぎゃん――っ⁉　いったぁーいっ！」

振り落とされたリーファが半泣きで頭を抱えている。

さっきからこれでもう四回目だ。

「ドラゴンのクセに女神を落とすとは何事よー」

「ひーちゃん、リーファのやつ乗せてくれないかな？」

「ガル」

ずっとこんな感じで機嫌悪そうなんだ。

プライド高いって言ってたしなぁ……。

アイボから出したパインゴをひとつあげてみた。

「がるぅ～」

すぐに機嫌が良くなった。

おれ、リーファの順で乗ってみると全然暴れない。……パインゴ好きなのね。

ひーちゃんに指示を出して、森を抜け出て街道を突っ走る。

走ると結構速くて、切っていく風の心地よさがある。

リーファを見ると、また青い顔をして唇を噛《か》んでいた。

ドラゴン酔いだ！

ホヒンの町を囲っている鉄柵が見えた。

「見ろ！　町が見えたぞ。もうちょっとだ。頑張《がんば》れ」

「うん……」

鉄柵までもうちょいだったのが、すぐそこに——ってスピード速過ぎっ‼

「ひーちゃんストップ、このままじゃ突っ込んじまう！」

ひーちゃんはおれの指示に従って、急ブレーキをかけた。

そのはずみで、おれもリーファも振り落とされた。

べちゃ。

「いで」

「あう……」

警備兵や周囲の町人が驚いている。

「ど、ドラゴンが出たぞぉおおお――っ!!」

「討伐ユニオンに要請を出せ！　ドラゴンとは言えまだ子供。ここはオレたちで時間を稼《かせ》いで――」

「町の人に避難させるんだ――！　急げッ!!」

あ、あれー……。

ひーちゃん、そんなことしないぞ？

「がる？」と、ひーちゃんも不思議そう。

蜂《はち》の巣をつついたような大騒ぎになって、警備兵もわらわらと集まりはじめた。

町を揺るがす大事件になってね？

「お、おい！　そこの冒険者！　は、早くそこから離れるんだ！」

「あ、いや、そうじゃなくて」

「女の子が倒れてるぞ！」

「あ。これはただのドラゴン酔いです。そっとしてあげてください」

槍《やり》やら盾やらをずらーっと並べはじめたみなさん。

ウェイウェイウェイ、待てってば。

「ひーちゃん、おいで」

がるぅ、とひーちゃん。

おれの隣まで来ると、伏せをして見せる。

「お手」「がう」

「羽ぱたぱた」「があ」

ぉお……、とお集まりのみなさんがどよめいた。

「ド、ドラゴンを使役している、だと――⁉」

「知能が高いため人間のことを見下すといわれる、あのドラゴンが……？」

「しかも芸までしている……⁉」

そ、そんな驚くなよ。

「ドラゴンは……魔物のヒエラルキー上位に位置する、特別な、魔物なの……だから、人間からすると、かなりの強敵……」

ぐったりしているリーファが追加解説をしてくれた。

「――おいっ！　あんちゃんじゃねーか！」

誰《だれ》かと思ったら、この前の旦那《だんな》さんだ。

今日は日勤ですか？　お疲れ様です。

「どうも！」

「そ、そいつぁ、だ、だいじょうぶ、なのか……？　仲良さげだが」

「はい！　この子に乗って、エルム湖からここまで来たんです。おれの言うことはだいたい聞いてくれる良い子ですよ？」

ぱっとひーちゃんがこっちを見て、すりすりと顔を寄せてきた。

誉《ほ》めたのが聞こえてたみたいだ。

よしよし、と撫《な》でてやる。

「人間食ったり、町をメチャメチャにしたりしないのか……？」

「ガア！」

ボウッ、と小さく炎を吐いたひーちゃん。

旦那さんの発言が気に食わなかったらしい。

「「「ぅわぁあああああ――!?」」」

ザザザザーとみんな一斉に二〇メートルくらい後ろにさがった。

あれ。この人たち、町を守りに来たんだよな……？

「コラ！　人にむかって火ぃ吐いちゃダメだろ」

「がぅ……」

しゅん、とうつむくひーちゃん。

ぉお……とまたどよめく。

「意思疎通までしてるのか!?」

しゃべれば案外大丈夫だと思うんだけど……。

みんなビビるからダメなんじゃないかな。

「あ、あんちゃん、タダモノじゃねーとは思っていたが、一体何者なんだ……？」

「え？　一般人ですけど……」

「「「ウソつけぇぇぇぇぇぇぇぇぇぇぇぇぇぇぇ!!」」」

この場にいる全員に否定された。

ひどい……。

おれ、普通の人なのに。

警備隊長っぽい人が一歩前に出た。

「キミは、この町に何をしに来たんだい？」

「冒険者ギルドに用があったんです」

「そうか……、では、そのドラゴンは町に入れることは出来ないが」

あ、そっか……。

入口だけでこんなに騒ぎなんだから、町に入ればそりゃ大騒ぎになるよな。

「わかりました。町から離れた場所で待つように指示しておきます」

おれは町から少し離れた平原でひーちゃんと別れ、また戻る。

まあ、ドラゴンなら、ここらへんの魔物には負けないだろう。

ステータスを確認しても、ひーちゃんが苦戦しそうな敵もいなかったし。

「むこうのほうで大人しくさせておきましたので。もちろん、人間は襲いません」

「そ、それならいいんだ、それなら……」

警備隊長さんはそう言って、集まった兵士たちを元の仕事に戻した。

「ジンタ、行こう?」

いつの間にか顔色の良くなったリーファが言った。

おれたちは冒険者ギルドへむかって歩き出す。

「みんな、ドラゴンのことを知らなさ過ぎじゃないか?」

「そんなものよ。そもそもドラゴンって、あまり目にしないし」

異世界だからって、そうホイホイ出てくるわけじゃないらしい。

成長したら、もっと強くなるんだろうなあ……。

バサバサ羽ばたいて、炎吐きまくって……。

見てみてぇなぁー。

そんなことを考えながら、町に入った。

冒険者ギルドに行こうと思ったけど、その前にちょっと寄り道。

【アイテム賭場《とば》】にやってきて、景品表を見る。

やっぱ前に比べてちょっとショボくなってるなぁ……。

ま、おれのせいですけどね!

「ジンタがやりたいっていうなら、わたしもやるわよ?」

いや、それ、おまえがやりたいだけだろ。

おれをダシに使うなよ。

景品表を眺めていると、小学校低学年くらいの小さな女の子が店から出てきた。

目元をごしごしこすって、ときどきしゃくりあげている。

その子の耳は、細長くて先端が尖《とが》っていた。

長寿で美形って噂《うわさ》の、あのエルフ……？

「リーファ、あの子ってエルフ？」

「うん、そうね。……どうしたのかしら」

色んな人がいるガチャ屋だけど、ここまで小さい子供を見るのははじめてだ。

リーファが近寄って尋ねた。

「どうかしたの？」

「ぐす。くすん。……あれ。欲しかった。けど、ダメだった……」

指差したのは、景品の一番上。

【金石：SR　剛弓《ごうきゅう》ヨイチ】

欲しかったって……。この子が使うのか？

弓を引けるような力もなさそうだし……。プレゼントするつもりだったとか？

「誰《だれ》かにあげるつもりだったの？」

「ちがう。……あげない。しんじゃった……おとうさんの、弓だから」

あぁ……形見……。

「なあ、リーファ。どうしてそんな物がここに？」

「アイテムを買い取って景品にすることがあるって前に説明したでしょ？　だからここに流れてきたんじゃないかしら……」

「だから、何でここにそんな大切な品が」

「ジンタ、ここは日本じゃないのよ？　アイテムを盗《と》られることだってあるし、奪われることだってある。拾ったのかもしれないけれど……」

「じゃあ、『拾った』誰かがここに売り払ったか、道具屋に売ったものがさらに転売されたってことか」

リーファは小さくうなずいた。

訊《き》くとエルリっていう名前だと、おれたちに教えてくれた。

エルリちゃんはたった一人で色んな武器屋を回って情報を集め、ここのガチャ屋に流れたって話を聞いてやってきたみたいだ。

「買い取り交渉は出来ないようになっているの。【アイテム賭場】に流れたら、そのアイテムを得るには……。ね、ジンタ」

「わかってるって。でも、おれのガチャは絶対じゃないんだぞ？　たまたまが重なったって可能性だってある」

そもそも運なんだから、絶対なんてない。

思わせぶりなことを言っておいて、期待させるようなことはしたくない。

「まあ、やってみないこともないけど」

当てる、とは言わないでおく。

なでなで、とリーファはエルリちゃんの頭を撫でている。

「大丈夫よ、このお兄さんが、弓当ててくるからね！」

思わせぶりなことしないでおこうっていうおれの配慮が無駄に⁉

「ほんと？」

目元がまだ腫れている顔でそんなふうに訊かれれば、ノーとは言えなかった。

「ま、やってみるよ」

お小遣《こづか》い貯《た》めてガチャしにきたのかな。

それがゴミに変われば泣きたくもなる。目当ての品が品だし。

なでなでをやめたリーファの顔がキリッとなる。

腕まくりして、何やらやる気満々。

「あの、リーファさん、どうされたんです？」

「どうしたもこうしたも、わたしも当てにいくから！」

こいつ……前回のこと全然懲りてねえ。

こんな援軍要らねえ……！

「リーファはやらなくても別に……」

「やるわっ、わたしもエルリちゃんのために」

はぁ……。

で、何。また一万リンですか？　ガチャしたいだけなんでしょ？

本当はガチャする口実が欲しかっただけなんでしょ？

フンス、と鼻息荒くするリーファは、どうやら本気で狙《ねら》うつもりらしい。

大した期待はしないことにして、おれはリーファに一万リンを渡す。

エルリちゃんを外で待たせて、おれたちは店内へ入った。

おれのことを見るなり、店員たちが緊張するのがわかる。おれのことを見て耳打ちしている。

うわ、めっちゃマークされてる。

でもまあ、不正やイカサマはしないっていう話だし、普通にガチャはさせてくれそう。

列に並んで、リーファに順番が回ってくる。

「見てなさいっ！　当てて見せるんだから！」

「おねーちゃん、がんばれー」

リーファの意気込みに声援を送るエルリちゃん。

大丈夫か……？

リーファの気合に反比例するように結果は散々だった。

【N　使用済みの紙コップ】
【N　使い古された雑巾《ぞうきん》】
【N　空ビン】

【N　短い毛糸】
【N　タンポポの綿毛】×6

綿毛どんだけ引くんだよ。鼻息でフライアウェイするわ。

「ぐぬぬぬぬぅ……おかしいわ……このガチャ」

とか、なんとか言っているけど、だいたいそんなもんですよ、リーファさん。

涙目でこっちを振り返るな。おれは何も出来ないからね。

いやしかし、前回同様、見事にゴミしか引かないなぁ……。

「あと一回！　これでぇえええぇ！」

グリグリグリ――ポトン。

カプセルを手に取って、リーファが固まる。

どうした？　またゴミ引いたのか？

くるっとこっちをむいて、抱きついてきた。

「うわっ、な、なな、何だよ？」

「ジンタ！　わたし、やった！　やったわ！」

「え。マジで!?」

うんうん、と何度も何度もリーファはうなずく。

何だよ、やれば出来るじゃないか。

リーファは握り締めた石を見せてくれた。

色は青だった。

【青石：R　二千リン分お食事券】

当てるのこれじゃねぇよ!?

うわぁ……。ちょっと嬉《うれ》し泣きしてるし。

「わたし、はじめてまともなやつが当たったぁ！」

すっごい嬉しそうなところ悪いけど、主旨変わってるぞ。

あぁ、エルリちゃんもなんか勘違いして嬉しそうな顔してる！

違うよ!?　これは違うからね!?　弓じゃないから！

景品を受け取ったリーファが軽い足取りで出ていく。

「わたしたち、これで美味《おい》しいもの食べてくるね！」

おれだけのけ者？

なんだよ、くそぅ……。

「おにーちゃん、がんばってー！」

「ジンタ、頑張れーっ」

「――よしっ、やりますか！」

うん。我ながら単純だと思った。

カウンターの受付のお姉さんが、ハンドシグナルを出すのが見える。

何か不穏な気配。

店員がザザザザ、と配置につく。

「標的の接近を確認」

「プランをフェイズ2へ移行」

え。なになに。何がはじまんの？？

「新型の配置を急げ」

「通常タイプをパージ。換装状態グリーン。……配置開始します」

何がはじまるのかと思って黙って見ていたら、ガチャボックスが交換された。

ただそれだけだった。

でも、交換した新しいガチャボックスは、かなりでかい。

……おい。

カパッと新型（？）の蓋《ふた》を開ける店員さん。

ガラガラガラガラ――――、と大量のカプセルを投入しはじめた。

「ダミー注入。三千……四千、五千……注入完了。準備整いました」

今ダミーって！　ダミーって言いましたけど⁉

魔焔剣《レーヴァテイン》を当てたときのお姉さんがカウンターでクールに一礼する。

「――――いらっしゃいませ」

いらっしゃいませじゃねぇええええええええええええ！

何でおれ対策練ってんだよ！

なに対おれ用のガチャ用意してんだよ!!

「あのすみません、交換する前のほうのガチャを引かせてください」

「あちらは不調のためメンテナンスに入りました」

「今さっき、店ぐるみの不正を目撃したんですけど」

「？　何のことでしょう」

こいつ……ッ！

「だって、ダミーがいっぱい入っているガチャなんでしょ、これ？」

「今回の【ＳＲ　剛弓ヨイチ】が当たる確率は同じです」

「ビフォーアフターでガチャボックスの容量一〇倍くらい違うんですけど」

「ちっ、うっせぇな」

「素の言葉が出た！」

お姉さんは五メートルほど後ろにある、交換されたガチャボックスを親指で差す。

「後ろにあるガチャボックスは、遠近法によって今小さく見えています」

「遠近法の使い方雑っ！」

いや、遠近法がどうとかじゃなくて、物理的に大きいんですけど。

「ガチャはされるのですか？」

「こんなことしていいんですか？」

「一般のお客様には、このようなことは致しません。ただ……ガチャ荒らしを目的とされる方にのみ、適用させていただく例外的な処置でございます」

「ガチャ荒らし⁉　おれ荒らし認定されてんの⁉」

けど、普通そう思うか……。あんなに目玉景品当てたら。

「ガチャしないのならとっとと出ていっていただきたいのですが」

『とっととゴミ引いて帰れ。ゴミ』

的な目をお姉さんにされてます。

「一回だけお願いします。後に引けないんで」

「一万リンで一一回引けますがよろしいですか？」

「これでいいです」

巨大ガチャボックスの前でガチャを回す。

グリグリ回して、出てきたカプセルの中身を確認する。

「あ。金」

「「「ひぃぃぃぃぃぃぃぃぃぃぃぃぃぃ⁉」」」

店員さんたちが一斉に悲鳴をあげた。

クク……フフフ、フハハハハハハハ！

ひれ伏せぇ！　ひれ伏せぇッ!!　この圧倒的剛運《ごううん》の前に!!

はっ。

またお姉さんが白目むいて痙攣《けいれん》してる!!

ビクンビクンしてるっ!!

介抱しに他《ほか》の店員さんが慌《あわ》てて駆けつけ、そのまま奥へ連れていった。

……フ、悪は去った。

では、貰《もら》える物は、きちんといただいておきましょう。

おれはカウンターに金石を叩《たた》きつけた。

「交換――してもらえますよね？　ここは【アイテム賭場】ですもんね？」

へたり込む店員が多数続出。おれを畏怖の眼差《まなざ》しで見つめている。

おれはこっちを見てくれているであろう、店外の二人にむけてガッツポーズした。

ちょっと目を細めてみたりして、カッコつけてみた。

『ジンタすごいー！』

『おにーちゃん、すごい！　ありがとうー！』

てな声援を期待していたわけですが。

「美味しいね、このアイス」

「うんっ、おいしい！」

「見とけやこっちぃいいいい！」

何でアイス食ってんだよ、美味《うま》そうだな！

リーファのやつ早速お食事券使ったな？

例のごとく奥の部屋へ案内されたおれは、そこで弓を受け取った。

武術素人のおれには弓の良し悪《あ》しなんてわからない。

でも、誰かが大切に使っていたってことだけはわかった。

弓を包み布ごともらって、また地下道を進み地上に出た。

そこには、リーファとエルリちゃんが待っていた。

「ジンタ！」

手を出してくるので、パチンとリーファとハイタッチ。

「おにーちゃん、おにーちゃん！」

ぴょんぴょんジャンプするエルリちゃんもハイタッチをご所望《しょもう》らしい。

ぱち、と小さな手にタッチした。

「これ、景品の弓」

渡すとエルリちゃんは中を確認して、ぎゅっと抱きしめた。

「まちがいない。おとうさんの……。おにいちゃん、おねえちゃん、ありがとう」

ぺこん、と頭をさげるエルリちゃん。

「じゃあね！　ありがとう、おにいちゃん、おねえちゃん！」

小さな手を振って、天使みたいな笑顔を振りまくエルリちゃんとおれたちは別れた。

「エルリちゃん、一人で大丈夫かな?」

「大丈夫に決まってるじゃない。今まで一人で弓を探していたのよ? 魔力だって魔法だって、そこらへんの魔法使い並みだし」

エルフってすげーな、と遠ざかる小さな背中を見ながらそう思った。

少し寄り道してしまったけど、当初の目的通り冒険者ギルドにむかう。

「冒険者ギルドってどこらへん? 遠い?」

「もうちょっとのはずよ」

冒険者ギルドに行く目的は、冒険者登録することと、道具屋のおばちゃんが言っていたクエスト報酬とかそういうのの確認だ。

「ベヒモスのことで思い出したけど、クレセン何とかっていう名前やユニバース何とかっていう名前を聞いたよな、ユニオンっていうのは——」

「うん、複数人以上からなるチームや組織、団体のことね」

「ふうん、割とそのままなんだ」

「町には各冒険者ギルドがあってクエスト依頼者との仲介をしてるの。ユニオンや冒険者の管理も同じくそこがやってるわ」

リーファの案内で道を進むと、古ぼけた煉瓦《れんが》造りの建物が見えた。

あそこがそうらしく、冒険者風の男が何人も出入りしている。

大きな掲示板の前では、張り紙を見てみんな難しそうな顔をしている。

近くに行って見てみると、どれもクエストの依頼だった。

「依頼者から指名される場合もあるし、冒険者ギルドから斡旋《あっせん》される場合もあるし、こうやって広く募集することもあるのよ？」

掲示板を見ていると、例のクエストを見つけた。

『SSランク　ベヒモス討伐』
場所：レフォン平原
条件：Bランク冒険者40人以上。詳細の質問は担当者まで。
依頼主：ウェイグ・リヴォフ
報酬：詳細は担当者まで
担当者：カーラ・ミラン

中に入って玄関口付近にある案内板を見ると、色んな業種のギルドがこの建物に入っていた。

二階は主に生活系ギルド主体の場所。服飾ギルドとかもここだ。

一階がお目当ての冒険者ギルドとなっている。

空いている受付カウンターを見つけて、その受付の女の人に声をかけた。

「こんにちは」

「こんにちは。今日はいかがなさいましたか？」

温和な微笑をたたえるお姉さん。

名札に『ミラン』って書いてある。

あ。この人がベヒモスクエストの担当者だ。

イスを勧められたのでおれとリーファは腰掛けた。

「今日は、冒険者登録とクエスト報告に来ました」

「？　あぁ、はい。わかりました。ではまず、冒険者登録からしましょう」

登録用紙とペンを渡される。

名前、年齢、性別、得意武器、スキルなどなど。

知らない言語のはずなのに、景品表と同じで自然と読むことが出来た。

「リーファ、おれって文字書けるの？」

「たぶん、大丈夫だと思う」

名前を日本語のつもりで書いたのに、この世界の文字として筆記された。

「貴女《あなた》は、どうなさいますか？」

「わたし？　わたしはしないわよ？　だって女神だもの」

「……、あはは。かしこまりました」

笑って流した！

女神の部分に突っ込むと面倒になるからって、笑って流したよ！

当のリーファはドヤ顔をしているけど。

リーファは冒険者にならないのか。情報くれるだけで十分だし、それでいいか。

そんなことを考えながら、さらさらと書き終える。

スキル欄は、別に書いても書かなくてもいいらしいから、空欄にしておいた。

用紙を回収したミランさんが抜けがないかをチェックする。

「……はい。では、登録証をお渡しします。これがあればクエストを受けることができます」

そう言って取り出したのは、真新しい運転免許証くらいのカードだった。

これでおれも、一端《いっぱし》の冒険者だ。

冒険証って名前らしく、左上にGって書かれているのが冒険者ランクらしい。

もちろんGが最低ランクだ。

次がF、その上がEってな具合にあがっていくみたいで、Aの上がS。

「一番上がSSSなのよ？」と、リーファが教えてくれた。

「では次に、ユニオンの説明をさせていただきますね」

ミランさんが教えてくれたのは、リーファが言っていたこととだいたい同じだった。

ひと通り冒険者になるための説明が終わったので、本題に入ることにした。

「ベヒモス討伐のクエストの報酬って、何がもらえるんですか？」

「何が、というよりは、依頼主の方にご相談いただくことになります」

「え？　依頼主の人に？　報酬額とか、そういうことですか？」

ええ、とミランさん。

ここでもらえるわけじゃないのか。

「今回は特殊だったってだけで、冒険者ギルド担当に報酬を渡されることもあるわよ？」

うんうん、とにこやかにミランさんはうなずいている。

「それで、ベヒモスを討伐したんですけど、その依頼主のところへ行けばいいんですか？」

「はい。討伐したらその証拠として鱗《うろこ》や牙《きば》などが残ると思いますので、その鑑定書を持って――。

へ？　トウバツ、した、というのは……？」

「あ、はい。倒したんです、あのでかいやつ」

「あの、でも、最低四〇人で……、参加メンバーのランクも最低がBって決まってて……」

よいっせ、っと。

アイボからベヒモスセットを取りだして見せる。

相変わらず焦《こ》げ臭いなーこれ。

「道具屋のおっちゃんおばちゃんに見せたら、協会に持って行って相談しろって言われて」

「マダム・リーンが……？」

リーンって名前なの？　あの人。

てか『おっちゃんおばちゃん』で通じるんだ。

以前書いてもらった鑑定書をミランさんに渡した。

「マダムの鑑定書ですね、確かに。……先日【クレセントライツ】がクエストを受けて以来、誰もこのクエストを受けようとしなくなっていまして。理由はやはり大手ユニオンの敗退と人数が集まらないことで……一体、何十人集めたんです？　今日はその方たちの代理で来られてるんですよね？」

「何十人って……。おれ一人ですけど」

「ひ、一人ぃいいいいいいいいいいっ⁉　ひ、一人であのベヒモスを倒したっていうんですか⁉」

立ちあがって叫《さけ》ぶミランさん。

お淑《しと》やかそうに見えるこのミランさんの声は、かなりでかかった。

そりゃもう、このフロア全域に響き渡るくらいに。

みんなこっちを見てる。ざわざわしてる。

「だってベヒモスの鱗って硬いですよ？　ち、力も強いし、おっきいですし」

「……力、強かったんですか？」

「えええええええええええええええええ⁉　つ、強いに決まってますっ！」

「そうだったんです？」

「そうだったんです、って……。鱗、鱗は……、これ、とっても硬いですよ？　剣や槍や斧《おの》なんて弾《はじ》き返しますし、魔法耐性も高いことで有名な鱗なんですから」

コンコンとカウンターの上の鱗をノックするミランさん。

「あの、ベヒモス、即塵《ちり》になったんで……すみません、わかりません」

ふらぁ、と目まいを起こしたようにミランさんは、イスにすとんと座り込み茫然《ぼうぜん》としてしまった。

「そ。即……チリ……」

もうここでの用は済んだし、報酬をもらいに行こう。

どうやら、鑑定書やベヒモスセットは依頼主に見せる必要があるようだ。

書類上の手続きをミランさんに教わりながら終える。

冒険証を渡して、その書類と一緒に後ろにある部屋にミランさんは入った。

「何してんだろう?」

「完了報告よ。冒険者ギルド本部にそれを報告したら、それがジンタの功績に反映されるの」

「本部につながるネットとか何かがあるってこと?」

「ネットじゃなくて、転移魔法の魔法陣があって、それぞれの支部が本部とゲートで通じているのよ」

その転移魔法とやらは、この世界の魔法技術では数十グラムの転移が限界なんだとか。

人間が転移するのは無理らしい。……出来たら相当便利なのに。

おまけに悪用を避けるために、魔法陣の描き方やそれぞれを繋《つな》ぐパスは、官僚である公文書官にしかわからないらしい。

ミランさんが戻ってきて、冒険証を返してもらう。

おれがアイボにそれをしまっていると中年冒険者が話しかけてきた。

「すいません！　うちのユニオン入りませんか⁉」

「はい？？」

おれが目を丸くしていると、やんちゃしてそうなお兄さんが割って入った。

「待て待て、オッサン。こいつは、俺《おれ》たちのユニオンに入るんだ。な？」

な？　とか言われても入んねーよ？

「高名な冒険者様、サインしてください！」

今冒険者になったばかりなんですけど⁉

色んな冒険者がおれのところへ詰めかけてきた。

「兄ちゃん、うちに――」

「いや、ウチの所に――」

「いや、私の所だ」

「いやいや――」

俺が俺が俺が、って感じで、誰もどうぞどうぞ、とは譲らない。

「あ、あの人、ちょっとカッコいい……」

「服もオシャレだし……イイかも」

ざわざわ、と黄色い声もあがっている。

「ジンタ、行きましょう？」

「待って。依頼主のこと聞いてない」

「わたし、知ってるから」

「リヴォフって言えば有名な一族よ。森の奥に住む……かなりの田舎者《いなかもの》だけどね」

「森？　田舎者？」

「そうよ。だってリヴォフって、エルフの一族だから」

一族の名前だけで、どこを拠点にしているのかリーファにはわかるらしい。

依頼達成の報告をするため、おれたちは冒険者ギルドを後にして、町を出た。

「エルム湖よりもさらに北に森があって、そこに今は住んでいるみたい」

「今はって、前は違ったの？」

「前はもっと町からも離れた森だったんだけど、移住してきたみたい。ちょっと遠いけど、ひーちゃんに乗れば一日くらいで着くかも」

そっか、案外速いからな、ひーちゃんは。

遠くにいるひーちゃんを呼ぶと、バタバタとこっちに駆けてきた。

やっぱ速い。

「があ！」

かぱっと口を開けると永晶石《コア》が舌の上に載っていた。

ひとつ、ふたつ、みっつ……、一六個あるっ！　どうしたんだ、これ。

不思議に思ってひーちゃんが来たほうを眺めると、魔物の死骸がいくつも転がっていた。

は、ハンターや。平原に突如現れたカテゴリーエラーや。

永晶石《コア》の色は、灰色や青、赤銅がほとんどだった。

「灰色が一〇リン、青が一〇〇、赤胴が一〇〇〇よ」

「けど、売ればお小遣い程度にはなるな」

おれはひーちゃんの頭を撫でた。

「リーファは無駄遣いしかしないのにひーちゃんは偉いなあ。リーファより使えるなぁ……」

「がうがう♪」

「ちょっと！　心の声聞こえてるわよっ」

やべ。口で言ってた。

ご機嫌ななめなリーファをなだめて、おれたちはまたひーちゃんに乗って北上する。

途中、見覚えのある小さな背中を見つけた。

ひーちゃんの足音に気づいてこちらを振り返った。

「わっ⁉　ど、ドラゴンっ⁉」

ペタン、と驚いて尻《しり》もちをついたのはエルリちゃんだった。

「おーい！」

「あ。おにいちゃん！」

ひーちゃんに止まってもらい飛び降りる。

「どうしたの、こんなところで？」

「いまからね、おうちに帰るところ。あっちのほうにあるの」

エルリちゃんはおれたちと同じ進行方向、北を指差す。

エルフ……家、方角が一緒……。

「エルリちゃん、リヴォフの一族って知ってる？」

「しってるー！　あたしの一族だよ！」

「おれたち、エルリちゃんのところの一族の人に会いに行くんだ」

「そうなのー？　じゃ、案内したげる」

また他人を乗せるってなるとひーちゃんがご機嫌ナナメになるので、アイボから取り出したパインゴを与えておく。

そのお陰で、エルリちゃんが乗っても全然暴れなかった。

「おねえちゃん、だいじょうぶ？」

「だいじょぶ、だいじょぶ……あ、ゆ、揺らさないで……」

ナビ役の女神様が、今はドラゴン酔いをしてるので、エルリちゃんに近道を教わりながら進んだ。

そのお陰で、ずいぶんと早く森の入口に到着した。

森の道案内もばっちりで、迷うことはなかった。

「魔物も獣もほとんど見かけないな。道も歩きやすい」

「リヴォフの一族が管理しているからよ、きっと」

ドラゴン酔いが治ったリーファが言うと、少し誇らしげにエルリちゃんも言う。

「そうだよー。あぶない魔物はやっつけちゃうんだから」

「エルフって、あの長命長寿で弓持ってて耳が尖ってる、あの種族でいいんだよな？」

「ま、そんなところね。人間よりも魔力保有量が段違いだったり、あとはみんな例外なく美形ってところかしら」

「エルリちゃんもそうだもんな」

「むふん、ありがとう、おにいちゃん」

「でも成長が遅いってだけだから、エルリちゃん、ジンタと同い年くらいかも」

「まじか……同い年……？」

目が合うと、エルリちゃんはさっと目をそらした。

さらに奥へ行くと、小さな集落が見えてきた。

入口に見張りらしき男のエルフがいる。

うん、やっぱりイケメンだ。

「エルリではないか、お帰り。お父上の弓はどうであった」

「ただいま。ほら、このとおり！」

「それはよかった。……この方たちは？　おっと、ドラゴンまで——!?」

とりあえず、驚くエルフさんに「ちゃんと躾《しつ》けてるんで大丈夫ですよ」と言っておく。

やっぱり怖いからってことで、ひーちゃんは村には入らず、入口で待機することになった。

寂《さび》しそうな顔をするひーちゃん。後でパインゴをあげよう。

「このおにいちゃんたちがね、おとうさんの弓、取り返してくれたの！」

「それはそれは、エルリが世話をかけた。お礼申しあげよう」

「そんなぁ。わたしたち大したことは何もしてないので」

おまえはアイス食ってただけだけどな？

「おれたち、ウェイグ・リヴォフさんに会いに来たんです。クエストの報告で」

「クエストというと……まさか、ベヒモス討伐？」

「はい。討伐報告です」

「おぉ、おお……おぉ……我が一族の宿願が叶《かな》った……！　ありがとう」

エルフさんはがっしりとおれと握手した。

「え？　ああ、はい……」

「族長のところへは私が案内しよう。付いて来ていただけるか？」

うなずくと、エルリちゃんがちょんちょん、とおれの手を引っ張った。

ひそひそ話をするように、口元に手を当てている。

「おにいちゃん、ちょっと」

なんだろう？　おれが腰を曲げると、エルリちゃんが耳元に口を近づける。

「おとうさんの弓、ありがとう」

ちゅ――、とほっぺに柔らかい感触。

「――？」

「じゃあね！　あたし帰るから」

てててて、と弓を背負ったエルリちゃんは別の方向へ走り去っていった。

……今、ほっぺにキスされた？？

「ロリコン死すべし！」

リーファが言うと、うんうん、とエルフのお兄さんも同意している。

「ロリコンはいかんよ、ロリコンは」

あんたは関係ねえだろ。

お兄さんの案内で集落を奥へ進む。どの家もどこか新しさを残す木造のものだった。

一番奥にある立派な家が、族長のウェイグさんの家らしい。

「ここが、族長の家だ。私はこれで失礼する。……ベヒモスの件、本当にありがとう」

エルフのお兄さんはまたおれと握手すると、軽くお辞儀をして去っていった。

何でそんなにありがたがるんだろう？

理由やら何やらは、ウェイグさんに訊けばいっか。

おれはコンコンと扉をノックする。——三〇分後に嫁が出来るとも知らずに。

「こんにちは、クエストの件でやってきた者ですが——」

家の中から物音がして扉が開いた。

出てきたのは、綺麗《きれい》なエルフだった。

艶《つや》やかな青髪と青い瞳《ひとみ》。とびっきりの美人だ。

「冒険者のお方でしょうか？　クエストと聞こえたのですが……？」

「はい。ウェイグさんにお会いしたくやって参りました」

「わたくし、ウェイグの娘のクイナと申します。遠いところ、ご足労いただきありがとうございます」

丁寧《ていねい》にお辞儀をするクイナさん。

うーん、すごいお嬢様な感じがする。

「こちらへどうぞ」

こうして、家にあげてもらったおれとリーファ。

奥の部屋へと通され中に入ると、質の良い革張りのソファが二脚と間にローテーブルがあった。

どうやら応接室らしい。

やっぱ人んちって落ち着かないな……。

そわそわしながら待っていると、カチャカチャという物音と共にクイナさんがやってきた。

持ってきたティーセットで、紅茶を入れてくれる。

すごい優雅な手つき。手も細くて真っ白。

こんな人が世の中には存在するんだな。

「どうぞ」

「あ、すみません、わざわざ」

「顔ニヤけてるんだけど」

「ニヤけてない」

くすっと笑ったクイナさん。

言葉遣いも丁寧だし、お淑やかだし、何よりちょっと動くだけですごい良い匂《にお》いがする。

あと、おっぱいが大きい。

それと、おっぱいが大きい。

何より、おっぱいが大きい。

エルフの女性はみんなこうなんですか。

「むぅ……わたしのは……」

隣でリーファがぺったんこの胸に手をやって、小さくため息をついた。

「あの……あなたたちがあのベヒモスを倒したのですか？」

「はい。あ、これ。鑑定書です」

「後ほど父に確認してもらいます。……ちなみに、倒したのはあなたですか？」

「ええ。おれですけど……？」

誰が倒したってのは、そんな大事なの？

おれが首をかしげていると、クイナさんは恥ずかしそうにうつむいた。

「あの、その……カッコいい、方で良かったです」

「？」

「報酬のお話は、お聞きになりましたでしょうか……？」

「あ、それはこれから訊こうと思ってて」

「あぁ――わたくしったら。えとっ、あのっ、また後ほど父からお話が、あ、ありますから。そっ、それまで、し、失礼いたします――」

トレーで顔を隠したクイナさんは慌てて部屋を出ていった。

「どうしたのかしら？」

「さあ？」

しばらく紅茶を楽しんでいると、男のエルフがやってきた。

オールバックの長い金髪は背中のほうへ流している。

例のごとく耳は長くて尖っていた。やっぱりイケメン。

「初めまして。ベヒモス討伐の依頼をしたウェイグ・リヴォフという。今日ははるばるありがとう」

「いえ。おれは駆けだし冒険者のジンタ、こっちはリーファです」

おれたちが軽く頭をさげて握手すると、ウェイグさんはむかいのソファに腰掛けた。

「早速だが、討伐の証《あかし》を見せて欲しい」

おれはベヒモスセットと鑑定書を渡した。

「鱗に角に牙……しかもマダム・リーンの鑑定書付き。まず間違いないであろう……あのベヒモスだ……ありがとう。何か娘から話は聞いただろうか」

おれもリーファも首を振った。

どうしてクエスト依頼を出したのか、ウェイグさんはその経緯を教えてくれた。

「私たちリヴォフの一族は、ここではない別の森で静かに暮らしていたのだが、そこを、このベヒモスに荒らされたのだ。

戦える者は弓を取り、魔法を放ち戦ったが……仲間が何人も死んだ。まったく歯が立たなかったのだ。

そして、私は残された一族と共に住み慣れた森を離れここへと逃れた。

戦力も残っておらず奴《やつ》に立ち向かうことは出来なかったが、どうしても奴を許すことが出来なかった。

そんな折、ここに出入りしている行商人にそのベヒモスの話を聞いた。

見かける機会のそう多い魔物ではない。出現時期や特徴で奴だとわかり、クエスト依頼を冒険者ギルドへ提出したのだ」

もしかしてエルリちゃんのお父さんはベヒモスと戦って――？

ベヒモスも一族もいなくなった森で、落ちていた弓を誰かが拾って売ったとしても不思議じゃない。

案内してくれたエルフさんは、だからあんなに感謝してたのか。

思った以上にシリアスな話だ。

リーファも神妙な顔をして聞いていたけど、ヒソヒソと耳打ちしてきた。

「移住するならもっと良い森あったのにね？」

食いつく場所はそこじゃねえ。シリアス台無しかよ。

「今回の一件はリヴォフの一族がベヒモスに屈してしまったことに端を発する。だから私は報酬として、ベヒモスを討伐した御仁に愛娘《まなむすめ》をお渡しすることにしたのだ。もちろん、女性が倒したのなら一族の美男をね」

「「……は？」」

おれもリーファも目を点にしている。

どういうこと？？

「あのような強大なベヒモスを倒すほどの冒険者。その遺伝子はリヴォフ族を強くするであろう」

ウェイグさんが呼ぶと、恥ずかしげなクイナさんが再登場する。

おれのほうを見て、はにかんだ笑みを見せた。

「先ほど訊いたが、クイナもジンタ殿を気に入ったようでな」

「お、お父様っ！　そのようなことは今言わなくてもいいではないですかっ」

クイナさんは顔を赤くしてウェイグさんをぽかぽか叩《たた》いている。

何、このくすぐったい父娘《おやこ》のやりとり。

「クイナは、父の私から見ても良く出来た娘。優秀で強い種を残すため、どうか貰ってくだされ」

「あの、ジンタ様……弓と風魔法の腕には覚えがございます。お、お役に立てるよう頑張ります。ふつつか者ですが、よろしくお願いいたします」

ふつつか者ですが、なんてリアルではじめて聞いた……。

エルフっ娘《こ》をいただくの……？

種族：エルフ
名前：クイナ・リヴォフ
Lv：15
HP：2100／2100
MP：800／800
力　：134
知力：261
耐久：101
素早さ：78
運　：15

スキル
風魔法　消費MP15（風属性の攻撃魔法）
鷹《たか》の目（遠距離の攻撃力UP）

いただくかそうでないかと言われると……。

「ウェイグさん、それじゃあ……お嬢さんをいただきます」

「ジンタ殿、そう固く考える必要はない。嫁とはいえ尽くすという点では、奴隷と変わらないだろう。ハハハハハ」

全然違いますけど⁉

ハハハ、じゃねえよ。アンタんとこの娘の話だぞ。

てか、すげー亭主関白《ていしゅかんぱく》な考え方してんな。

よろしく頼むよ、とウェイグさんは部屋を後にした。

ベヒモスセットと鑑定書は、倒せたかどうか確認のために必要なのであって、それ自体は別に要らないみたいだった。

また焦げ臭いベヒモスセットと鑑定書をアイボへ放り込んでおく。

「あのー、クイナさん？」

「ジンタ様。わたくしはあなたのお嫁さんなのです。『さん』は不要です」

「勝手に娘を押しつけてきて……何が嫁よ」

リーファがつまらなさそうに唇を尖らせる。

「では、貴女《あなた》はジンタ様の何なのですか？」

にこやかに尋ねているけど、口調がちょっときついクイナ。

「な、何って……」

リーファが困ったようにおれをチラ見する。

確かに、リーファは何なんだろう。

手伝うっていってついいて来てくれているけど。

「たとえ恋人だったとしても、わたくしを最後に選んでいただけるのなら構いません。どうせ負けませんし」

「女神のわたしに勝とうだなんていい度胸じゃない」

「自称女神だなんてイタイ人」

バチッ、と一瞬二人の間に火花が見えた気がした。

これからのことをクイナに訊くと、ベヒモス討伐のお祝いパーティの準備をするところらしかった。

大したことは本当に何もしてないし、気持ちだけもらうことをおれは別室にいるウェイグさんに伝えた。

一族の大恩ある人にお礼をしないなどとは——とか。クイナとの婚約パーティで——とか色々言われたけど、今度お願いしますって言って、おれたちはウェイグさんちを後にした。

待っていたひーちゃんを連れて森を出る。

「ひーちゃん、三人乗せるのはキツいよな?」

「がうがう……」

おれたちの次の行き先は、ここから少し南東にあるログロという町だ。

実は、ここに来る前に近くを通っていたらしい。

そこにも冒険者ギルドはあるので、新たなクエストを受ける予定だ。

「そんなに遠くないんだから、クイナは歩けば？」

「それなら、慈悲深い女神様がわたくしたちのことを思って歩くべきではないですか？」

ま、またはじまった！　ちょっと口を開けばすぐこれだ！

「別に急ぐ用があるわけでもないし、歩くか」

街道を南へ進み、着いたのは夕方。

ログロの町は結構大きくて、きちんとした城門があって城壁も高い。警備兵も強そうだ。

ひーちゃんは騒ぎになるといけないから町の外で待ってもらうことにした。

警備兵に冒険証を見せ、リーファとクイナは仲間ということで町に入れた。

身分証がないと入れないかなと思ったけど、リーファとクイナをチラ見してた警備兵はあっさりと通してくれた。

美少女特典で甘く見てもらったのかもしれない。

賑《にぎ》やかな通りには露店や各商店が並び、珍しい食べ物や装飾品を見かけた。

「そういや……今日はまだ何も食べてなかったな」

「それでしたら、あちらにわたくしオススメの魚料理のお店があるのですが」

クイナが左を指差すと、リーファが右を差す。

「ジンタ、あっちに美味《おい》しいお肉料理屋さんがあるの。あっちにしない？」

「リーファさん一人で行ってくればいいのではないですか？」

「そっちこそ、あんた一人で行きなさいよ」

何で毎回張り合おうとするんだよ。

「ケンカすんなって。気分的には肉だから、リーファ案内してくれるか？」

「うん、任せて」

「さあさあ、そういうことであればジンタ様、参りましょう？」

クイナがおれの右腕に腕を絡《から》めて歩き出した。

「……むぅ」

リーファがそれを見て、ためらいがちに手を伸ばしおれの左手を握った。

「な、何よ……？　じ、ジンタ顔赤い」

「おまえもだろ」

注目度がさらに増したのは言うまでもない。

両手に花状態。花っていうよりも、華があるからな二人とも。

リーファが言う料理屋を見つけ中へ入った。

かなり繁盛しているみたいで、空席を見つけるのにちょっと時間がかかった。

注文した料理はレフォンボアのステーキとパンとスープのセット×3

それを店員さんがテーブルに並べた。

肉汁すごいし、油のにおいがまた良いな。白米欲しくなる……。

おれが一口食べようとすると、

「ジンタ様。はい、あーん」

「はい？」

おれが頭に「？」出しているにも構わず、クイナは一口サイズに切った肉を口元へ持ってくる。

せっかくなので、いただいておくけど……うん……恥ずかしくて味がしねえ。

「美味しいですか？」

そんなふうに訊かれて首は振れない。

「ああ、うん」

「じゃあ次は～」

「ま、待て待て！　じ、自分で食べられるから」

これ以上やられると体温で溶けそうだ。

「何よ、デレデレしちゃって」

不機嫌そうにぶつぶつ言って料理を口に運ぶリーファ。

こそこそとおれはクイナに訊いた。

「なあ、どうしてリーファは機嫌悪いんだ？」

「自分の物だと思っていたそれが、他人に取られそうになったら、困りますよね？」

「そうだけど……なにそれ。ナゾナゾ？」

おれがよっぽど小難しい顔をしてたんだろう。クイナがくすっと笑う。

「わからないのなら、それでいいのです」

「つってもなあ……、どうしたらリーファの機嫌良くなるんだ……？」

「それでしたら――」

ごにょごにょ、と耳打ちされる。

……それだけで？　でもおれにも勇気が求められるんだけど……。

ま、いいか。フォークに一切れの肉を刺して――

「り、リーファ、これ。あ、あーん」

「っ⁉⁉　ななな、ななな、ななな……」

ぽん、と擬音がしてリーファの顔が真っ赤《まっか》に染まった。

「お、おれだって恥ずかしいんだ。は、早く食えよ」

「～～っ」

きゅっと目をつむって、ぱくっと食べた。

「ど、どう？」

「あ、味なんてわかんないわよっ。恥ずかしくって」

やっぱそうだよな。やるもんでもないし、やらすもんでもないな。

「い、いきなり何よ……」

「うふふ、良かったですね、リーファさん。ジンタ様にあーんしていただけて」

「う、ううう、うるさいっ！　あ、味わかんないし、じ、自分で食べたほうがマシよ」

「とか言われたんだけど、クイナ」

「そんなことありませんよ、ジンタ様。リーファさんは照れているのです。証拠に、ほら、まだお顔が真っ赤」

「冷静に人のこと分析するのやめてっ」

なんというか、精神的にクイナのほうが上なんだな。

大人っぽいというよりは、リーファが子供っぽいような気がしないでもないけど。

でもクイナはエルフだ。

エルリちゃんがおれと同い年ってのを考えると、クイナは……。

「相当歳《とし》食ってるんじゃ……?」

「今何かおっしゃいましたか?」

くるっとこっちをむいたクイナ。

め、目が笑ってない!!　歳のことは禁句にしよう……。

食事を終え料理屋を出ると、なんとなくだけど、リーファの機嫌も良くなっていたし、クイナともちょっとだけ仲良くなっていた。

そのあと、お手頃《てごろ》な宿をとり一晩宿泊した。

四章　ゴブリン討伐と幼女

徐々に賑《にぎ》やかになりはじめた繁華街を歩き、リーファに道を教えてもらいながら冒険者ギルドを目指した。

町も大きければ、冒険者ギルドの建物も大きくなるのか、ホヒンのものより立派な四階建ての建物だった。

入口脇にある掲示板のクエストをのぞいてみたけど、ランク制限や人数下限があり、受けられそうなクエストが見つからない。

「相談すればちょうどいいクエストがあるわよ、きっと」

てくてく先をリーファが歩くのでおれもクイナも後を追った。

空いているカウンターを見つけて、受付のお姉さんに早速相談した。

『アナヤ』と胸の名札に書いてある。

「何か良い感じのクエストってありますか？　まだランクはGなんですけど」

おれはアナヤさんに冒険証を渡すと、前回のミランさんみたいに後ろの部屋へ入り、書類と共に戻ってくる。

「本部から取り寄せたジンタの資料ね。あれにジンタのクエスト履歴が書いてあるの」

そうリーファが教えてくれていると、アナヤさんが再び席に着く。

「カザミ様は、功績は十分なのでクエスト成功回数を増やせば、すぐにランクはあがります。あと九回の成功でFになります」

ランクをあげるには、功績・成功回数の二つが必要になってくる。

簡単なクエストばかりこなすだけじゃダメってことらしい。

おれは逆のパターン。

成功回数イコールその冒険者の信頼度につながる。

冒険者ギルドが安心してクエストをその冒険者に任せられるか、ていう指標にもなるらしい。

だから、難しいクエストには必ずランク制限や参加人数の下限があるのだとか。

「九回か……」

「『飼い猫探し』なんていかがでしょう? お手頃《てごろ》でランク制限もございませんし」

「他《ほか》はないですか?」

「それでは、先ほど依頼がきました『薬草五種採集』なんていかがでしょう」

「ベヒモス倒した功績って考慮してもらえないんですか?」

「冒険者ランクや難易度でクエストを振り分けております。平等を期すために特別扱いは致しかねます。ご了承ください」

「そっか……わかりました」

「方法としては、どこかのユニオンに入れば、成功回数は増やしやすいので、当局ではオススメをしております」

「ダメよ、ジンタは人見知りだから他人のユニオンに入るなんて」

「そ、そんなことねえよ……」

「ぼっちマスター」

「変な称号つけるのをやめろ」

強がって否定したけど、うん、人見知りです……。

何でリーファは知ってるんだ？　あぁ、転生する前の履歴書に情報があるのか。

「戦えるクエストがいいんですけど、何かありますか？」

そうですね、とアナヤさんはファイリングされた依頼票に目を通す。

「これはどうでしょう。『ゴブリン掃討』」

『Fランク　ゴブリン掃討』
場所：レフォン平原
成功条件：10日以内にレフォン平原で20体以上のゴブリンを討伐し、永晶石《コア》20個の鑑定書を提示。
条件：Gランク冒険者2人以上要。
依頼主：ログロ商会

「これは、この町の商業ギルドからの依頼です。商品運搬中にゴブリンに襲われる事案が多発しており、その被害に悩んでいるそうです。倒しても倒してもきりがないので、先方も当方としても非常に困っております」

お。冒険者らしいクエストきた。成功報酬は五万だけど、最初はこんなもんだろう。

あ。でも……二人以上か……。

「すみません、一人で出来るクエストでお願いします」

「あら。後ろの方々は冒険者ではないのですか？　これは失礼いたしました」

「大恩あるジンタ様のためなら、このクイナ、冒険者にも嫁にも奴隷にもなりますよ？」

「いいのか？　それだと助かる」

「どういたしまして。リーファさんは放っておいて、二人でクエストをこなしましょう」

「わ――わたしも冒険者になる」

「リーファはやめとけって。冒険者しなくても十分助かってるんだから」

「ジンタがクイナと二人きりだなんて、なんか、もやもやする……」

もにょもにょと小声で言うリーファ。クイナは呆《あき》れ顔をしている。

「理由はどうあれ登録しましょう、リーファさん」

二人はおれが以前やったのと同じように冒険者登録して登録証を受け取った。

当然ランクはG。

けど、これで『ゴブリン討伐』クエストの下限は満たした。

改めてそのクエストを受けることにして、おれたちは冒険者ギルドを後にした。

「リーファ、女神の力はさっぱりないんだろ？」

「そうだけど、でも……」

ちらっとクイナを見るリーファ。

「リーファさん？　わたくしに対抗意識を燃やすのは構いませんけれど、戦えるのですか？　見たところ、武芸をしているようには見えませんし、魔法を使えるようにも正直見えません」

「まあまあ、クイナ、おれたちがフォローしてやろう」

「ジンタ様はリーファさんには甘いというか優し過ぎるといいますか……」

「そんなことねえよ」

「ジンタ様がそう言うのであれば、わたくしは構いません」

「わたし強くなるから！」

「……そういうことでしたら、早速準備いたしましょう」

「準備？　おれはこのまま行っても平気だけど」

「わたくしやジンタ様の準備ではありません。リーファさんの準備です」

そう言ったクイナについて行くと【アイテム賭場《とば》】に連れてこられた。

「手っ取り早く力を得るには——これです！」

バンッ、と壁を叩《たた》くクイナ。壁には——景品表がある。

「何でも、ここでガチャをすればアイテムがいただけるそうではないですか。こんな便利なものがあるなんて、わたくし知りませんでした」

「いや、確かに間違いじゃない。確かにガチャすればもらえる。でも、当てないともらえないんだぞ？　おい、リーファ、おまえも言ってやれ」

「任せて。——言っておくけどね、簡単には当たらないんだからっ！」

リーファが言うと違うなぁ……実感こもりまくり。

「当てればいいのです、当てれば」

にこりとクイナは笑顔を見せる。

何も知らねぇぞ、この森育ちのお嬢様は。

「フン、みんなそう言うのよ」

おまえも同じこと言ってたけどな？

『金石：ＳＲ　クレリックの杖《つえ》（治癒、浄化スキル使用可）』

「狙《ねら》いはこれです！　何も出来ないリーファさんにはぴったりの品です」

「一言多いわよ！　でも、確かにこれがあれば便利ね……」

前の町もそうだったし、ログロの武器屋にも、ＳＲ級の武器は売っていない。

不要になった誰《だれ》かが、ガチャ屋に高額で売り払ったんだろう。

たとえば、熟練冒険者とか。

「それならおれが剣を抜いて、リーファに渡せばいい。簡単にレベルがあがるぞ？」

「あ。そっか。それなら――」

「ダメです」

「どうしてダメなんだ？」

「ジンタ様のそれは、確かに有名なかの名剣。けれど、リーファさんに合ったものではありません し、きっと上手《うま》く使えないです。それに、リーファさんは剣で敵と戦いたいのですか？」

「そうじゃないけど、でもジンタの剣には、強力な魔法があって、その力がすごいのよ。ベヒモスだって倒しちゃうくらいなんだから。……ただ、おかしな気配は感じるけど」

「そういうことなら、平原に行って試してみましょう。まともに使えるのなら、ジンタ様の剣で特訓です」

ということで、ガチャ屋の前からおれたちは平原に移動した。

剣を抜いてリーファに渡すと、本来のスペックに戻る。

けど、この平原の魔物を倒すには十分だろう。

おれの姿を見つけたひーちゃんが駆けよってきた。

よしよし、愛《う》い奴《やつ》よのお……。

撫《な》でてあげると「がるぅ～」と満足そうな声を出した。

「ひーちゃん、魔物を適当にこっちに連れてきてくれないか？」

「がう！」

どっどどっ、とひーちゃんは獲物を探すため走り去った。

「リーファ、まずは【黒焔《ダークフィラメント》】だ。ＭＰ消費量に応じて威力変わるからな？」

おれが言っても、ぼうっとしていて反応がない。

「リーファ？」

「え、うん……」

「……どうかしたか？」

「やっぱり、何かキモチワルイ……」

「気持ち悪い？」

「……ジンタ、これ使っているとき、何も感じないの？」

「いや、特に」

「嘘《うそ》……。だってこれ、明らかにおかしい……」

ゾゾゾゾゾ、とリーファの肌が粟立《あわだ》っているのがわかった。

前に剣を渡したときには、こんなふうにはならなかった。

何か変に感じていたことは確かだったけど。

それにあのときは、結局自分では剣を抜けなかった。

……使用者に何かしら負荷をかけるものだったのか？

けど、それじゃあどうしておれは何も感じないんだ？

不思議に思ったクイナが剣に触れると同時に、飛びのいた。

熱い物に触ってしまったかのような、反射的な動きだった。

「凄《すさ》まじい邪気を感じたのですが……刀身に宿るほどの」

「邪気？」

そんなの、おれは感じたことないぞ？

いや、確かに怖《こえ》ぇなって思うことがあったけど……。

剣を抜いた者にだけ、何かしらの補正がかかるのか……？

触ってみても、おかしな気分になったり、気持ち悪くなったりしない。

何でだ？

取扱説明書があるわけでもないし、ステータスには、【魔神をも焼き殺したという逸話の残る魔剣の一本】とだけしか記されていない。

「この剣、ちょっと使えない。持ってたら、頭がどうかしちゃいそう」

リーファが剣を収めておれに返した。

「がうがうー」

ひーちゃんが、猪《いのしし》の魔物レフォンボア（Ｌｖ２）をこっちに追い込んできた。

こちらに駆けてくるレフォンボアを、鞘《さや》から剣を抜くと同時に両断する。

「……別に、いつも通りだけどな？」

「普通に見えるのに……どうしてかしら……？」

「どうしてなのでしょう？？」

おれたちはまた三人して首をかしげた。

勇者の剣っていう話だったけど……。

その当時からこんな感じの剣だったんだろうか。

鞘に収めたまま剣を使えばいいのかもしれないけど、リーファもクイナもあまり剣に触ろうとしなかった。

今はおれがこの剣の使用者なわけだけど、前は誰が使ってたんだろう。

結局、クイナが提案した通り、ガチャで【ＳＲ　クレリックの杖】を狙うことになった。

ひーちゃんには平原で待ってもらい、町へとおれたちは歩き出した。

「でもねクイナ、ガチャってなかなか出ないのよ？　本っっ当に、ゴミアイテムばっかり当たるんだからね？」

「うふふ。それはリーファさんの運がゴミだっていうことなのでしょう」

「ご――、誰がゴミよ！　クイナより、わたしのほうが運がいいんだから」

「では、勝負いたしましょう。わたくしとリーファさん、どちらが良いアイテムを当てられるか」

「いいわよ、やったげる」

「おい、主旨変わってんぞ」

「ゴミって言ったこの世間知らずのお嬢様をギャフンと言わせるの。――ジンタ」

す、とリーファが手を出してくる。

「仕方ねーな……」

まあ、リーファは正確無比な情報屋でもある。

町やその店や、過去の事実や世界的な常識がわかるっていうのは、結構便利なもんだ。

魔物についても色々と教えてくれるし、その情報料とでも思っておこう。

「あのジンタ様……わたくしも……」

「わかった、わかった。ほら、持ってけ」

おれは二人に一万リン札を渡した。

クイナが両手に拳《こぶし》をつくる。

「わたくし、一万リンと同等の、もしくはそれ以上のアイテムを引き当てるので、ジンタ様のご負担にはなりません。ご安心ください！」

「わたしだって毎回そうなんだから」

「嘘をつけ嘘を」

ゴミ回収のエキスパートがよく言うよ。

リーファとクイナは互いに火花を散らし合いながら、入店していった。

おれは店外から見守ることにした。

クイナの表情がちょっと硬い。初ガチャだから、緊張してるっぽい。

「大丈夫かな……あいつら」

そして、クイナの順番が回ってきた。

勝手がわからないのか、お金をカウンターの人に渡したあと、あたふたしている。

「そんなこともわからないのー?」

ここまでリーファの声が聞こえてきた。

先輩風吹かしまくりだ!

まともな物を当てたの一回だけのくせに。

「ありがとうございます、リーファさん」

ぺこっとお辞儀して、ガチャボの前でハンドルを握るクイナ。

グリグリ回して、出てきたカプセルを開け……開け……開けられないのかよ。

ここも大先輩リーファさん登場だった。

開けやすいようにして、カプセルをクイナに渡した。

ぺこりと丁寧に頭をさげるクイナ。カプセルを開けて中を確認している。

くるっとこっちを振りむいた。

「ジンタ様ぁ~! 当たりましたぁ!」

「え、マジで!」

ぱたぱた窓際まで駆けよってきて、見せてくれたのは——

『N 誰かのハンカチ』の引換券だった。

誰のだよ……。絶対に落とし物だろ、これ。

「あのな、クイナ。杖じゃないぞこれ。ほら。ここ」

「あっ、わ、わたくしったら……と、とんだ早とちりを……」

かぁぁぁ、と顔を赤くして照れ笑いを浮かべたクイナ。

「わたくし、頑張ってきます！」

「うん、頑張って」

小さく手を振って、クイナはガチャボックスの前へ戻っていった。

そして、ガチャを回し終えて、しょんぼり顔で店から出てきた。

「ジンタ様……」

「ダメだった？」

何を引いたのか見せてもらった。


『N　誰かのハンカチ』

『N　使いかけの香水』

『N　1／10ガチャ券』

『N　1／10ガチャ券』

『N　1／10ガチャ券』

『N　1／10ガチャ券』

『R　魔法繊維のローブと法衣』

『N　1／10ガチャ券』

『N　残飯』

『N　ネコの首輪』

『N　羽根ペン』


「お。レアアイテム引いてる！　すごい！」

それ以外はショボいけど、使い道のありそうなのがいくつかある。

着られそうならリーファにあげても良さそうだ。

クイナが当てたローブをおれは受け取った。

「わたくしが着てもいいのですけれど、胸のあたりが少しキツそうなので、リーファさんならぴったりかと」

たゆんっ。

「ジンタ様……その、見過ぎです……」

「あ、ごめん」

「でも、わたくしは、お嫁さんで奴隷でもあります。好きなだけ見てもいいのですよ？」

「え」

「ジンタ様、目が怖いです」

店内から女神の悲鳴が聞こえる。

「ジンタぁああ……」

店内をのぞくと半泣きになっていた。またゴミ当てたな、リーファのやつ。

「どうしたらまともなアイテム当たるの……?」

「気合だよ、気合。どりゃあって大声で言ったらいいよ」

「どぉりゃあああああああああ——っ!!」

本気で言っちゃったよ。ガチだよあの人。なりふり構わねえのかよ。

「でぇええええいっ」

と、紳士淑女のひんしゅくを買いそうな叫び声をあげるリーファ。

ガチャを回して、回して、回して、たくさん出てきたカプセルを開けていく。

くるっとこっちを見て、涙目を見せる。

肩を落としたリーファが店から出てきた。

「ダメだったのか。何当てたんだ?」

「……クスン……」

どれどれ、と確認する。


『N　千切《ちぎ》られたお札』

『N　千切られたお札』

『N　壊れた鍵《かぎ》』

『N　カラスの眼球』

『N　カラスのクチバシ』

『N　カラスのハラワタ』

『N　カラスの羽』

『N　カラスの羽』

『N　カラスの足』

『N　呪《のろ》いの人形』


何のガチャしてきたんだよ⁉

「ふぇ……怖い……『一週間以内に誰かにあげないと一生呪われます』とか書かれてるんだけど……」

リーファは当ててきた西洋風の人形を抱えてあたふたしている。

残りは即ゴミ箱にシュートしてきたらしい。

うん……どんまい、リーファ。

これはどう見ても、Rをひとつ当てたクイナの勝ちだ。

「それで、二人とも当たらなかったけど、どうするんだ？」

「ま、まだです。もう一度やれば必ず当たるはずなのです」

すっかりドツボにはまってるな、クイナ。

「……じゃ、今度はおれがやってくるよ」

「ジンタ様。景品表に書いてあるからと言って、必ず当たるわけではないですよ？」

「それおれが言ったセリフじゃねーか」

「わたくし、ジンタ様が恥をかかないようにご指導さしあげます」

「いや、わかってるから大丈夫だぞ？」

クイナはついて来るつもりらしい。

リーファはというと、半泣きで人形の貰《もら》い手を探していた。

……がんばれ。

この町のガチャ屋ははじめてだけど、だいたいどこも似たような内装をしている。

おれは最後尾に並んで、順番を待った。

「いいですか、ジンタ様。カプセルの中身は、引換券と石のどちらかが入っていて」

「そのチュートリアル要らねえから」

そうですか？　とちょっとおれのことが疑わしそう。心配性なのかな。

そして、おれの番が来た。

「カザミジンタ様ですね？」

「あれ？　この店はまだはじめてなのに……。はい、そうですが？」

「【アイテム賭場】全店に人相《にんそう》書きが回っておりますので。ガチャ荒らしのジンタ――」

なにその二つ名⁉

「ジンタ様、そんなことをされていたのですか？」

「してないって。ただ、そういうふうに認識されちゃったらしい」

ぴらっとお姉さんが紙を一枚見せてくれた。

おれそっくりの絵が書かれている。

「あら。とても良く書けていますのね。あのぉ……個人的に持っておきたいので、わたくしもこの絵を一枚いただけませんか？」

「もらおうとすんな。これ、そういうんじゃないから」

荒らし認定されてるって、そういや言われてたっけ。

「おれは、普通にガチャして当たっただけなんで、いちゃもんつけないでくださいね？」

……後ろで他の店員が何やらあわただしく動き回っている。

すると、奥の扉から巨大ガチャボックスが出てきた！

あれはこの前のやつ⁉

「ガチャボックスが不調なので、替えさせていただきますね」

「嘘《うそ》つけ！」

クイナが深刻そうな顔でうなずく。

「それでは仕方ありませんね……」

「素直か！　クイナも故障とか何も問題なかったの見てただろ？」

「カザミジンタが来店した場合、このガチャボで迎撃するようにと通知がございました」

「この店もかよ。迎撃って……穏やかじゃないな……」

別におれはケンカしたいわけじゃないんだけど……。

「以前使われたガチャボだと思ったら大間違いです。ガチャボVer．1・20は、その強化版です。具体的には、容量がさらに増えハズレ率があがりました。……良いアイテムが出るといいですね？」

「ジンタ様の前に、まず妻であるわたくしがこのガチャを回して」

「――やめとけ」

「ガチャしないのなら、お帰りいただけますか？」

要はこれ、あれだ。おれのやる気を失《な》くさせるための演出なんだろ？

カプセルは野球のボールくらいだったのに、ピンポン球サイズになってる！

汚ねぇ！

運の数値がぶっ飛んでるって言っても、所詮確率。

大当たりを当てる確率が一〇〇％って保証してるわけじゃない。

実は大当たり確率五〇％くらいのところを、運良く当て続けてるってだけかもしれないんだから。

けど、宝くじだって、買わなきゃ当たる確率はゼロだ。

念のため一万リン投資だ。これで一一回引ける。

「一万でお願いします」

「はい、承りました」

「ちなみに、杖はちゃんとあるんでしょうね？」

「きちんと一つ入っています」

「そうですか。それならいいんです」

いや、いいのか？

「これは、あなただけのＶＩＰ待遇です」

「んな待遇要らねえよ。逆ＶＩＰじゃねえか」

「ＶＩＰ待遇……⁉　さすがジンタ様」

「いやだから、素直かって」

「ということは、ジンタ様。わたくしが引いても何かしら良いアイテムが出る可能性があります。ですから、ここはわたくしに」

「やめとけ」

どんだけガチャしてえんだよ。完全にハマってるな、クイナ。

ため息をつきながらハンドルを回す。

グリグリグリ……。

――ポトン。

さすがに今回は――

「あ。金だ」

おれの手元を確認しにくるお客さんたち。

「あんちゃん、すげーじゃねえか！」

「いえ、どもども」

肩や背中をバシバシと叩かれる。

店員さんたちは、おれと目を合わせたそばから青い顔をしている。

「ば、化け物……っ⁉」

「ラッキーモンスター……略してラキモン――⁉」

おいそこ、略すな。なんだラキモンって。

「超超低確率なのに……⁉」

「今回に関していえば確率は関係ない。……君、知らないのか？」

確率は関係ない……？　どういうことだ？？

奥にいる一人の店員がプルプルと金石を指差す。

「そ、そ、しょれは、黄色ですよ？」

「あら。これは黄色だったのですね……。だそうですよ、ジンタ様？」

「見本見てみろよ」

おれが端にある見本を指差すと、「まあ」とクイナが声をあげた。

カウンターの奥は茫然《ぼうぜん》としている店員がいたり、何か密談をしている店員がいたり、険《けわ》しい顔をする店員がいた。

「おい、どうなっている。違うだろう。誰だ手順を間違えた者！」

違う？　手順を間違える……？

首をひねりながらも、おれはお姉さんに石を渡した。

「交換お願いします」

「おかしい、おかしい、おかしい！」

受付のお姉さんは髪の毛を掻《か》きむしりはじめた。

充血した目を見開いて、カウンターテーブルにごんと額を押しつけた。

「あのー？　大丈夫ですか？？」

今度はお客さんたちがザワつきはじめた。

「急にガチャボを替えるなんて変じゃないか？」

「しかもカプセル見てみろよ。かなり小さいぞ」

「ハズレが出やすいように操作してたんじゃないのか⁉」

良い具合にみなさんがヒートアップしてきた。

確率は関係ない、ガチャ側の手順を間違える――、
最初のガチャ、少なくとも数回まではハズレが出るように仕組んでいたのかもしれない。

「「「金返せー‼」」」

みんながカウンターに押し寄せ、店員たちはその応対でてんやわんや。

「お客様、お、お待ちください。あの人物はガチャ荒らしと【アイテム賭場】に認定された男で――」

誰も聞いちゃいないな。

騒ぎの中、おれは淡々とガチャを回す。

結局、さらに一〇回ガチャしてみたけど、全部ゴミアイテムを引くだけだった。
おれは店員の一人に奥の部屋へ案内され、クレリックの杖を受け取った。
例のごとく地下通路を通り、地上へ出る。
ガチャ屋の暴動騒ぎはまだ収まっていないみたいだ。
店付近でおろおろしているリーファを見つけた。
「おい、リーファ、当ててきたぞ!」
精根尽きたような顔をしている。
この三〇分やそこらで相当やつれたな……。
人形が原因か? 確かに西洋人形風のこれはちょっと不気味だ。
受け取ったリーファは、さっそく杖を装備した。

種族:神族
名前:リーファ
Lv:1
HP:11/11
MP:14/214
力:13

知力：103
耐久：2
素早さ：1
運　：1

スキル
浄化魔法　1／10（状態異常を解除）
治癒魔法　1／10（HPを微回復）

それなりにステータスはあがっている。さすがレアアイテム。

そういや浄化スキルがあるんだった。

あ、もしかして……。

「リーファ。浄化スキル、その人形に使ってみないか？」

「効くのかしら……？」

「物は試しだ」

杖を渡すと、リーファは力を込めはじめた。

神々《こうごう》しささえ漂う白い光がリーファを包む。

足元に白い魔法陣が出来た。

杖が淡く光りだし、それが先端に収束していく。

祈りの言葉をささげ、杖を一振り。

「彼者《かのもの》の患《わずら》いを祓《はら》い給《たま》え――『リカバリ』」

おぉ……なんか本物の神官っぽい。

人形が薄く光ると、すぐそれは収まった。

「……ん？　人形、顔変わってないか……？」

「――あ、言われて見ればそうかも」

形相が、穏やかになっている、というかなんというか。

前は『ケキャキャ』って笑いそうだったのが、今は『うふふ』な上品な感じに。

ステータスを見てみた。

『N　普通の人形』

「あ。変わってる！　おい、リーファ。呪い解けてるぞ！」

「え、うそ？　良かったぁぁぁ……」

と、地面にへたり込んだ。

ちょうど通りかかった女の子が物欲しそうに人形を見ていたので、そのままプレゼントした。

リーファが支援系となると、おれたちは結構バランスの良いパーティになる。

おれとひーちゃんが前衛、中衛にクイナ、後衛がリーファ。

「けど、結局、リーファは今回も無駄遣いしただけだったな」

「今度は頑張るからっ！」

「ああ、期待してる」

まあ、ガチャだからなぁ。当たらないほうがほとんどだろう。

頭を撫でると、リーファは嬉《うれ》しそうにはにかんだ。

「……えへへ。期待しててね？」

これがフラグじゃないといいんだけどな。

姿が見えないと思ったら、クイナがガチャ屋から出てきた。

「許せません。公平平等であるべきの店がインチキをしていただなんて」

手をぱたぱたさせながら、ぷんすか怒っている。

でも、おれにだけだと思うんだよなぁ、インチキ。

特例扱い……てか、ガチャ荒らし扱いみたいだし。

おれはクイナが当てたローブをリーファに渡した。

「これ、クイナが当てたレアアイテム。リーファならサイズ合うかも」

「そうなんだ。じゃあ、ちょっと着てみるわね」

物陰に姿を消して、しばらくするとリーファが出てきた。

恥ずかしそうにもじもじしている。

「神官ってこんな服着たかしら？　可愛《かわい》いのは良いんだけど、す、スカートちょっと短いし……お、おへそ出ちゃってるのよ？」

　白くてすべすべしてそうな太ももがあらわになっていた。

　可愛らしいおへそも顔を出している。

「あら。よくお似合いですよ、リーファさん」

「そう？　じ、ジンタは……その、どう思う？」

「うん、似合ってるんじゃないか」

「そ、それなら……こっちの服、着ておく」

　ステータスでは、耐久が10ほど上昇している。

　これなら、弱い敵相手でもなんとかなるだろう。

　早速町を出て平原にやってきた。

「ひーちゃんー？」

　おれが呼ぶと飼いドラゴンのひーちゃんは飛ぶように走ってくる。

　相変わらず足速いなあ……。って、平原、ゴブリンの死体だらけじゃねーか！

　無双状態だったのか、ひーちゃん。

「がうがうっ」

　あ。また永晶石《コア》取ってきてる。一、二……一〇個もある！

「よしよし、よく頑張りました」

「がう～」

あとでパインゴ食べさせてあげよう。

ん。ＨＰがほんのちょっとだけど減っている。

「リーファ、ひーちゃんに治癒頼めるか？」

リーファが近づいて傷を確認する。

はむ、とひーちゃんがリーファのスカートの裾《すそ》を噛《か》んで上下に引っ張りはじめた。

「あーっ⁉　ちょ、何してんのよ⁉　やめてぇー！　スカート、スカート、みえ、見えちゃうからぁ～」

リーファはスカートを押さえて必死に抵抗している。

「すぐに治癒してあげるからっ、引っ張るのやめて」

「ジンタ様？　ひーちゃんをお止めください」

「ひーちゃん、ストップ」

「がう」

おれが声をかけるとひーちゃんは大人しくなって、すぐにリーファは治癒魔法を使った。

「あぁ、もう。スカートがよだれでべたべた……」

「ジンタ様。そんなに中身が見たいのなら、わたくしがすぐにでも見せてさしあげますのに」

「え、何の？」

「誤魔化《ごまか》さなくてもわかります。スカートの中の話です」

「……いや、見せてもらうのもいい。けどな。見えないものが見えそうっていうのも、ロマンがあるんだ」

「では、見せないほうがよろしいのですね」

「それはそれで違うっていうか……」

「それで、どうなさるのですか？　ゴブリンは粗方《あらかた》狩ってしまったようですけれど」

平原でぽつぽつと遠くに見える魔物はレフォンボアくらいしかいない。

「あと一〇体か……ちなみに、レフォン平原ってどこのことを指すんだ？」

「ええとね。ログロの町から南側一帯のことなんだけど、最初の町ホヒンの北側だから……相当広いわよ？」

「大丈夫でしょうか？　予期しない強敵に出くわしたら」

「そんな強い敵はいないし、それにジンタがいるから大丈夫よ」

「ふふ、それもそうでしたわね。すっかり失念しておりました」

もしかして頼りにされてる？

「がうがうっ」

わ、こら。くすぐったいから舐《な》めるなってば。

とは言え、こんなに広い場所を固まって行動するのは得策じゃない。

「手分けして倒そう。ゴブリンならクイナは大丈夫だろ？　ひーちゃんはゴブリン得意だし……。あ、でもリーファは誰かと一緒に行動しよう。そのＨＰじゃ一撃もらうだけでヤバイだろ？」

「うん、そうかも」

「それでは、わたくしと一緒に行動いたしましょう」

「え〜！　わたし……」

言葉を切ったリーファがこっちをチラっと見る。

「リーファさんのお考えなどお見通しです。ビシバシしごきますのでお覚悟ください」

「危なそうな敵が出たら無理せず逃げるんだぞー？」

「かしこまりました」

クイナは嫌そうな顔をするリーファを引きずって、西側へと歩き出した。

ひーちゃんは東側に行ってもらいおれは南を探索することに。

でも、付近にゴブリンの姿は見当たらない。

どこ行ったんだ？　ひーちゃんにビビって遠くに逃げたのか？

ゴブリン探しをはじめたのが昼過ぎだったため、あっという間に夕方を迎え、おれたちは町に戻ることにした。

こうして、初日はひーちゃんが狩った一〇体のみに終わった。

見つけた料理屋で夕食を食べ、安宿をとってそこで休むことに。

軍資金の都合上三人一部屋だ。

クイナたちは、リーファの修業も兼ねてゴブリン捜索をしていたらしい。

「聞いてよ、ジンタ。クイナったら意地悪するのよ？」

「していません。わたくしは、リーファさんがジンタ様の足手まといになるのが許せないだけです」

「またケンカかよ……」

おれを挟んで言い合う美少女二人。

仲良いのか悪いのかよくわからないな、この二人は。

けど、リーファは着実にレベルアップしている。

種族：神族
名前：リーファ
Lv：4
HP：65／65
MP：299／310
力　：21
知力：180
耐久：30
素早さ：13
運　：8

スキル
浄化魔法　1／10
治癒魔法　3／10

「わたくしのベッド、少し埃《ほこり》っぽいのでジンタ様のベッドでご一緒させていただきますね？」

するりとベッドを抜け出したクイナがこっちへやってきた。

「それなら、クイナはわたしのベッドを使えばいいわ。わたしがそっち使うから」

「夫婦の営《いとな》みを邪魔しようだなんて、無粋《ぶすい》ですよリーファさん」

「夫婦じゃないからっ。それに、そ、そういうのは、人前で営んじゃダメなんだから！」

顔を赤くしながらリーファが反応すると、クイナがいたずらっぽく言う。

「それでは、人前でなければ営んでもよろしいのですね？」

「も――もう知らないっ」

ばふっと毛布《もうふ》を頭からかぶったリーファ。

「うふふ、可愛いですね、リーファさん」

リーファ、からかわれてんぞ。

翌朝、朝食を食べ終えていざ平原に。

今日も手分けして探しているけど、どこにでもいそうなあのゴブリンどもの姿が見えない。

本格的にひーちゃんにビビって隠れちまったのか？

そんなことを考えながらゴブリンを探していると、

「うわぁあああああああ──!?」

遠くから悲鳴が聞こえた。

聞こえたほうへむかっていると、ゴブリン数体に襲われている商人を見つけた。

何かヤバそうだ──。

荷馬車に取りつくゴブリン二体と小剣を振り回しながら護衛らしき男二人と戦うゴブリンが四体いる。

商人のおじさんも一体のゴブリンを相手に、震えながら剣をふるっている。

全部で七体──護衛のほうも苦戦してる。

助けないと！

ゴブリンのレベルは少し高めのレベル11。

けど、これくらいならスキルなしで十分だ。

魔焔剣《レーヴァテイン》を抜き、おじさんを攻撃しようとしたゴブリンを叩き切る。

「ギャフッ!?」

荷物をまさぐっていたゴブリン一体がおれに気づき、小剣で切りかかってきた。

それを剣で叩き伏せる。

「ギュア……!?」

まだ荷物にひっつく一匹をひきはがし、地面に叩きつけ切っ先を突き立てる。

「ギャ……ッ」

「――がうがうっ！」

別方向からひーちゃんが走ってくるのが見えて、立ち止まった。

「ガァアアルァアアアアアアアアア!!」

おぉう……。本気の咆哮《ほうこう》だ。

ひーちゃんはドラゴン、ていうのを改めて思い知らされる。

「ガァア――ッ」

口の中に炎が見えた。

それだと荷物ごと燃えちまうぞ!?

「ひーちゃん、ストップ！」

「がう?」

ぼしゅん、と吐き出しそうだった炎は消えてなくなった。

危ねえ……。荷物も丸焦《こ》げになるところだった。

護衛の二人は浅い傷を負いながらもまだゴブリン四体と戦っている。

数ではゴブリンのほうが多いのと武装しているのが原因だろう。

あとはあの四体だ。

おれが走り出そうとすると、

「スカイランス！」

クイナの声がしたと思ったら、風の槍《やり》がゴブリンを貫いた。

ひーちゃんの声が聞こえたんだろう。

急いで駆けつけたらしく、クイナもリーファも息を切らしていた。

「ジンタ様、お力添えいたします！」

「サンキュー、助かるよ！　リーファ！　この人たちの治癒を頼む！」

「任せて！」

リーファが駆けより、へたり込んでいるおじさんのところへ走る。

よし。あとは残りのやつを倒すだけだ。

「ギャギャギャ――――！」

おれが余所見《よそみ》をしていると、鳴き声と共にゴブリンが小剣で切りかかってくる。

「遅《おせ》えよ」

すっとよけて、足をかけるとゴロンとこけた。

「ギャグ⁉」

そういや、こいつら小剣なんてどこで手に入れたんだ？

この前は誰もこんな武器は持っていなかった。

死んだゴブリンが持っているのも、刀身も柄《つか》も同じタイプのものだ。
お揃《そろ》いの装備……？
物資を輸送中に襲われるって冒険者ギルドでは言われてるんだっけ。
どの道あと少し永晶石《コア》は要るんだ。
こいつを泳がせて、後をつければ巣か何かがあるかもしれない。
こっちのほうがやみくもに探すよりもずっとマシだ。
ゲシ、と頭を踏んで身動きを取れないようにしておく。
持っていた小剣も蹴《け》飛ばす。
「グギャ……、ギャギャ！」
放《はな》せ、とか言っているのかな？
リーファは、商人と護衛に治癒魔法をかけている。
三人はちょっと怪我《けが》しているけど、命に別条はなさそうだ。
「もう大丈夫」
その治療も終わって、商品の確認をするおじさん。
盗まれていたり、ダメになった商品はなかったようだ。
今回はどうやら、売り物の服を運ぶ途中だったらしい。
到着があとちょっと遅かったらヤバかったかもしれない。
「みなさん、危ないところを助けていただきありがとうございました」

商人のおじさんや、護衛の人にもお礼を言われた。

「いえいえ。何事もなくみんな無事でよかったです」

遠ざかる荷馬車を見送ると、みんなが集まってきた。

「ジンタ様。これでさらに六つの永晶石《コア》が集まりました。今足元にいるそれを合わせれば、必要な永晶石《コア》はあと三つです」

「ジンタ、なんでゴブリン踏みつけてるの？」

「ああ。あと少し永晶石《コア》が必要だろ？　こいつをここで放したら、巣まで案内してくれるんじゃないかと思って」

「なるほどね」

「こいつらが持っている小剣はどれも一緒なんだ。荷物を襲うっていう話だったし……」

「どこかにこの小剣を置いてある場所があるかもしれない、ということですか？」

「うん。その場所が巣なんじゃないかって思って」

足をどけると、すっくとゴブリンは立ちあがった。

「ギャギャ！」

戦意はないようで、すぐに背をむけて走り出す。

おれたちはその後を追いかけた。

「どこにむかってるのでしょう？」

二〇メートルくらい先を走るゴブリンを見てクイナが言った。

「ゴブリンの国とか、かしら……」

「なんです、その少女趣味な予想」

「う、うるさいっ。少女趣味なんかじゃないわよ」

よっぽどテンパっているのか、ゴブリンは後ろを振り返らず短い足を動かしている。

「ギギ、ギギ」

走ったり歩いたりを繰り返すゴブリンの先には森が見える。

「もしかして、あそこがあいつらのねぐらなのか？」

「ゴブリン自体どこにでもいるし、特別な環境下でないと生活出来ない、なんてないから……その可能性はあるわ。別に森に名前があるわけじゃないし、街道からも離れていて誰も近寄る物好きもいないから、魔物が棲《す》みつくことが多いのよ」

「で、そこをねぐらにしちゃったわけか」

町からも相当離れている。

昨日の捜索しながらの二時間程度じゃ、ここまで足は延ばせなかったのもうなずける。

迷うことなくゴブリンは森の中へ入った。

クイナがいた森やエルム湖の森とはまったく違う印象を感じた。

鬱蒼《うっそう》と茂る森は、昼間なのに薄暗くてちょっと気味が悪い。

ゴブリンが踏み固めただろう雑草が道のようになっているだけで、歩きやすいように整備された道なんてなかった。

視界は悪く、もうあのゴブリンの背中は見えない。

「なんかちょっと薄気味悪いわね……」

「そうですね……」

リーファとクイナが森の様子を見てつぶやいた。

おれが先頭で、道なき道を歩く。

「弁当持ってくれば良かったな」

「何でジンタはピクニック気分なのよ……」

「いや、途中でお腹《なか》すいたら大変だろ?」

「がうがう……」

お腹空いたの声だ! たぶん。

アイボからパインゴを取り出してあげると、

「がるぅ~」と、ひーちゃんは機嫌良さそうな声を出した。

「のんきねえ……」

だいたい、どれくらいの規模の巣なのかもわからない。

森なんだから一〇体二〇体じゃ済まないだろうし。

「リーファ、ここってどれくらいの広さがあるんだ?」

「そうね……小さな村一つ分くらいはあるかしら」

「それなら、ある程度行って手に負えなさそうなら一旦《いったん》引き返して、また準備して再調査してもいいか」

「そうですね、そうしましょう。ねぐらがわかったのなら、いつ来てもいいでしょうし」

クエスト期間は一〇日間と設定されているし、あと四体狩ればいい。

すぐに片付くだろう。

左右を木々で遮《さえぎ》られていた一本道がしばらく続く。

それが途切れ、拓《ひら》けた場所に出る。

そこには、複数のゴブリンがたむろしていた。

「「「ギャ、ギャギャ！」」」

こっちに気づいて、小剣を構えるゴブリンたち。

あ。平原にいた奴らよりも強い！

種族：ゴブリン（エリート）
Lv：16
HP：260／260
MP：24／24
力　：47
知力：8

耐久：44
素早さ：21
運　：11

しかもこいつら、普通のやつより大きい。

追いかけた奴はひざ丈くらいだったのに、こいつらは腰まで背丈がある。

おまけに鎖帷子《くさりかたびら》着てやがる。サイズは若干《じゃっかん》合ってないけど。

何も装備していない一体が、おれたちが追跡してきた奴で間違いないだろう。

全部で六体。

おれは魔焔剣《レーヴァテイン》を引き抜いた。

「リーファは後方支援。怪我した人が出たら治癒を」

「うん！　わかった」

「クイナはリーファの護衛とおれの援護を頼む」

「わかりました！」

「がうっ？　がうっ？」

「ひーちゃんは……そうだな……指示は特にない」

「がるぅ……」

そんなにへコむなよ。

ひーちゃんは自由に動いてくれればそれで十分だ。

「「ギ、ギャギャ！　ギャギ！」」

剣を手にゴブリンが迫ってくる。

キュゥンと風の矢が走り先頭のゴブリンを貫く。

続いておれが斬り込んだ。

一体目を斬り伏せ、二体目が放った斬撃《ざんげき》をかわす。

――あああ、もうまどろっこしい！

「【灰燼《アッシュ》】！」

剣にまとわりつく漆黒の焔《ほのお》を見て、びくッとゴブリンたちが固まるのがわかった。

隙《すき》あり――！

真横になぎ払った剣は、近いゴブリンも遠くにいるゴブリンも一瞬で両断した。

それどころか、付近の木々十数本を巻き込んだ。

ズゥゥン、と木が何本も倒れ、地面がちょっと揺れた。

もうちょっと、手加減の練習しないと……。

とにかく、さっき見かけたゴブリンは全員倒したようで、動いている奴はいなかった。

「なななな――何ですかその技……」

「ちょ、怖いんだけど……」

声に振り返ると、二人が剣を指差していた。

「リーファは盗賊に襲われたときはグロッキーだったし、そういや、二人にちゃんと見せるのはじめてだったな」

まだ轟々《ごうごう》と黒い焔が燃え盛っている。

二人はおれから、というよりも剣からすすす、と距離を取った。

「がうがう〜♪」

さすがご主様ー、とでも言いたそうなひーちゃん。

なんか嬉しそうだ。

「離れたゴブリンも真《ま》っ二《ぷた》つだったわよね……」

「なんですか、そのさも当然のような言い草は……」

「ああ、そうだな」

「だって地面も裂けるし」

「「えぇぇぇぇぇ――っ⁉」」

「あんまり大声出すなって。また敵が出てくるかもしれない」

それはそうと、強いゴブリンがいるってことは、やっぱり巣で間違いなさそうだ。

「ジンタって……思っていた以上に強いのね……。ベヒモス倒したから強いのはわかってたんだけど……」

「え、ええ……想像を絶するレベルでした。実際に目にするのでは、違いますね……」

どうやら二人は、百聞は一見にしかずってのを体験したらしい。

「もっと強いやつはいっぱいいると思うけど」

いや、いるのか？　それはまだわからないけど。

あ、永晶石《コア》回収しておかねーと。

「これでクエスト達成の二〇個のゴブリンの永晶石《コア》は揃ったな」

リーファがそろそろとゴブリンの死骸に近づく。

鎖帷子に顔を近づけて、何かを確認して言った。

「ドリッドのロゴが入っている。これ、結構良い物よ？」

バルサ産の鉄で出来た良品で、ドリッドって町で作られ運ばれた可能性があるらしい。

町の名前とかいっぱい出されるとさっぱり頭に入らない。

世界史苦手だったからな。横文字の長い名前や地名は苦手なんだ……。

クイナが小さく息をついた。

「……わたくし、戦闘に必要なのでしょうか……自信なくなってきました……。ジンタ様を支えるつもりでいたのですけれど……。これではただの足手まといです……」

「わたしだって……。これじゃ治癒も何も要らないもの……」

なんかへコんでる⁉

「いてもいなくても一緒だし……」

「そうですね……」

「待て待てぇえ！　先頭で危ないことするのは、男の仕事だろう。だから、二人には危険なことさせたくないと思って！」

「ジンタ様……そこまでわたくしのことを想《おも》ってくださって……。感激です。このクイナ、一生あなたについて行きます！」

「ジンタ……。大切に想ってくれてるのは、あの、ちょっと嬉しいかも……」

戦闘はそうかもしれないけど、おれ一人じゃわからないことだって出てくるはず。

やっぱみんな必要だ。

「小剣や鎖帷子を装備しているってことは、物資運送中の荷車や商人を襲って奪った装備かもしれないってことだよな？」

「うん、きっとそう。ゴブリンに装備を作る技術なんてないし」

「……それなら、盗品を奥のどこかに隠し持っている、という可能性もありますね」

グシャグシャ、と音がすると思って後ろを見ると、ひーちゃんがゴブリンを食っていた。

しかも器用に鎖帷子を取って食べている。

「……」

「がう？」

「ううん。何でもない……」

リーファもクイナも気づいてない様子。

ひーちゃんの口周りの血とか、ちょっとエグいからこのことは黙っておこう。

お腹すいてたのかな。

「一応、クエスト達成分の永晶石《コア》は集まった。でも、ここにいるゴブリンを放置しちまうと、きっとまた誰かが襲われる」

リーファもクイナも、おれが何を言いたいのかわかったらしく、うなずいている。

「だから、このねぐらを潰《つぶ》そうと思う」

「うん。わたしも賛成」

「はい、そうしましょう。微力ながらお力添えいたします」

「がうがう」

方針も決まり、おれたちは奥へ進むことにした。

結構な広さがある空き地に出る。

よくよく見てみると、荷車やボロボロの荷袋が捨てられている。

ここで奪った物を奥に運んでいたのか……？

その奥に続く通路らしき道がある。

もちろんちゃんとした通路じゃなくて、ゴブリンたちが踏み固めているからそう見えるだけの道だ。

ただ、それが左、右の二つあった。

「左がしばらく行ったあと行き止まりになっていて、右はここみたいな広間に出るわ。さすがに何があるのかまではわからないけど」

「どっちみち潰すんだし、まずは左から行こう」

最初は左の通路に入ることにして、おれを先頭に道を歩く。

木の背が高いせいで、空もずいぶんと小さく見える。

まだお昼頃だっていうのに、ずいぶんと暗く感じる。

ギャギャ――、ギャギャ――、
小さくゴブリンの鳴き声が聞こえ、おれたちは足を止めた。

その声が徐々に大きくなり、足音も聞こえてきた。

剣に鎖帷子の多数のゴブリン(エリート)が現れた。

「「「ギャギャギャ――ッ!」」」

あいつだ、あいつらだ、みたいにおれたちを指差し、こっちにむかって走ってくる。

「い、いいいいいい、い、いっぱい出たぁあああ!?」

「リ、リリリリ、リーファしゃん、おお、おち、おち落ち着いてくだしゃいっ」

十数体ほどのデカゴブリンが出たせいで二人ともテンパっている。

「うん、二人ともとりあえず落ち着こうな?」

【灰燼《アッシュ》】を発動させた魔焔剣《レーヴァテイン》を横に一閃《いっせん》。

ズバン、と真っ二つになるゴブリンたち。

呆気《あっけ》ないなぁ……。

「リーファさん、あの程度でパニックになるなんて情けないですよ?」

「クイナも人のこと言えないでしょっ」

クイナはどうやら遠距離じゃないとテンパってしまうらしい。

まあ、魔法メインの攻撃なんだから仕方ない。

さらにゴブリンが出てくる。木々の隙間《すきま》から、枝の上から、茂みから――。

ゴブリン祭りかっていうくらい出てくる。やっぱ、ここねぐらなんだ。

前方と左右の敵はおれが倒し、後方から湧《わ》いたゴブリンはクイナとひーちゃんが倒す。

ひーちゃんやクイナが傷を負ったそばから、リーファも治癒魔法で回復させていっていた。

「粗方片付いた、かな？」

動くゴブリンはいなくなり、新手《あらて》も出現しなくなった。

「はぁぁぁ、どうにかなったわね」

「リーファ、ＭＰ消費には……」

「わかってる。気をつけてるから」

クイナが首をかしげる。

「えむぴい、とは何でしょう？」

あ、そっか。普通の人はステータスとか見えないんだもんな。

「ええっと、魔法使うときに消費するアレな」

「あぁ。魔力のことですね。そのことを、えむぴいと呼んでいるのですか」

リーファに限らず、おれもクイナもそこそこＭＰは使っている。

多少は節約しながら戦ったほうがいいかもしれない。

「がるー」

ひーちゃんがきちんと永晶石《コア》をくわえて、まとめておれのところへ持ってきてくれた。

「お。ありがとう」

よしよし、と撫でておく。拾い損ねがあるのかもしれないけど、全部で一四個あった。

おれたちは静かになった森を奥へ進む。

「ゴブリン、出てこなくなったな」

「いいわよ、出てこなくたって……」

リーファの言った通り行き止まりになっていたそこは、小さな部屋のようになっていた。

鎖帷子の入った木箱や、束《たば》にされた剣が転がっている。

泥のついた衣服や、割れた食器が他の木箱に入っていた。

「盗品だな」

「うん間違いなくそう。さっき出てきた奴はここを守っていたんじゃないかしら？」

「きっとそうでしょう。あの多さにも納得がいきます」

奥まった場所にひとつだけ木箱があった。

中をのぞくと、パインゴやリンゴ、ブドウなどが出てきた。

「がるぅっ！　がるぅっ！」

パインゴが視界に入ったらしいひーちゃんのテンションはＭＡＸだ！

「はい、ひーちゃん」

ひとつ手にとって、口元へ持っていくと「がるぅ～」と嬉しそうに食べた。

シャクシャクと食べてご満悦そうなひーちゃん。

「おれたちもちょっと休憩しよう」

木箱の果物は、潰れていたり腐りかけのものがあったけど、食べられそうなものをクイナとリーファにも渡した。

おれが腰を下ろそうとすると、ひーちゃんが伏せをする。

「ん？　背中借りていいの？」

「がるがる」

「？　オーケーってことでいいのかな」

おれが腰を下ろすと、隣にリーファ、反対にクイナが座った。

「ガルガル！」

「ちょ、ちょっと怒らないでよ。借りるだけじゃない」

「そうですよ、ひーちゃんさん」

「『ひーちゃんさん⁉』」

そう呼ぶんだ。

ドラゴンの背中の上で、おれたちはシャクシャクとパインゴを食べる。

「盗品、新しかったり古かったりするから、奪ったあとここに持ち帰るっていうのを繰り返してい

「たのかもね」

「盗ってどうするつもりだったのでしょう？　見たところ、無差別に奪っているように見えますが」

「ゴブリン語は話せないからなぁ……襲って奪って、ここで中を確認して、使えそうなら使って、使い方がわからないなら、放置ってところじゃないか？」

「そうかも。元々知能は低いし」

「てなると、どうしてそんなことしたんだろうな？　下っ端ゴブは小剣だけ装備して、エリートゴブは鎖帷子も装備してた。誰か、指示出しているやつがいたりして？」

「それは、ここを調べればわかるんじゃないの？」

「ジンタ様、次はどうします？」

おれは小さく切り取られた空を見あげる。

日が暮れるまでに、まだ時間はある。

「この通路はここで行き止まりっぽいから、今度は別の道を行こう」

おれの言葉に、リーファとクイナはうなずいた。

通路を戻って、今度は右の道を進んだ。

ここだけ妙に道が整っているな……。

すごく歩きやすいし、雑ではあるけど手を加えているきちんとした道だ。

「グギギ――――ッ！」

「ゲギャゲギャ!!」

っと、早速お出ましだ。
どすどすとこちらに走ってくるゴブリンは五体。

種族：ゴブリン（幹部）
Ｌｖ：20
ＨＰ：４７０／４７０
ＭＰ：28／28
力　：69
知力：8
耐久：78
素早さ：20
運　：12

近づくにつれてそのサイズがわかる。背丈はおれと一緒かそれ以上ある。
さっきのやつはサイズが合ってなかった鎖帷子も、きちんと着こなしている。
剣もかなり長めのロングソードだ。

なんだ、こいつら。しかも幹部って……。

「このゴブリン、かなり強そうね……！」

「なかなか大きいです……奥に大事な何かがあるということでしょうか」

「とりあえず、やる気満々らしいから倒すぞ！」

ひーちゃんが息を吸い込み、口の中に溜《た》まった火炎を一気に吹き出す。

同時に、リーファが魔法で追い風を起こす。

ブレスが風によって増長し、巨大な炎となった。

ドガァン！　先頭のゴブリンに直撃。小爆発を起こす。

「ゲゲ、ゲギャ……」

効いているけど倒せてはいない。おれはそのゴブリンへ一気に迫る。

底を尽いたわけじゃないけど、何かあったときのためにMPは温存しておきたい。

抜剣。

ヒュ、と短い風切り音をさせ、魔焔剣《レーヴァテイン》を焦げゴブの胴へ叩き込む。

重い手応《てごた》えと同時に鎖帷子ごとゴブリンを両断した。

次！

おれにむかって三体のゴブリンが突進してくる。

一体目の剣を弾《はじ》き飛ばし、魔焔剣《レーヴァテイン》を突き刺す。

剣は足を使って体から引き抜いた。

さらに別の一体が斬りかかってくるところを、懐《ふところ》へ入り鎖帷子を摑《つか》んで背負い投げ。

幹部ゴブリンを地面に叩きつけ、剣を突き立てる。

鳴き声をあげる三体目が剣を振りおろしてきた。

「っと――」

鼻先で斬撃を回避。

一歩踏み込むと同時に斬りあげ、ゴブリンの体に斬撃を刻む。

声にならない声をあげて、ゴブリンは息絶えた。

こっちは片付いた。ラスト一体は――!?

ひーちゃんの鳴き声やクイナの魔法の音、リーファの祈りの言葉は聞こえていた。

振り返ると、最後の一体がちょうど倒れたところだった。

よかった、なんとか倒せたみたいだ。

ゴブリンを見ると、焦げていたりクイナの風魔法の傷痕《きずあと》があったりした。

クイナとひーちゃんにも、完治しかけの傷があるのがわかる。

傷を負ったそばから回復させていたのか、リーファのやつ。

「ねえ、ジンタ。ここだけ、雰囲気違うわよね……?」

「雑魚《ざこ》ゴブリンも出てきませんし……変ではないですか?」

「うん、確かに変だな……」

一〇分ほど休憩してから、おれたちはまた奥へと進みはじめた。

やがて、拓けた場所に出た。
森の中なのに、更地《さらち》のようにぽっかりそこだけ何もない。
「今度は、何の部屋なのでしょう……？」
あたりを見回していると、巨木の陰で大きな何かが動くのがわかった。
「グギャォオオオ――――ッ！」
放たれた音波がビリビリと肌を打った。
そいつが、のっそりと陰から出てくる。
他のゴブリンと見かけだけは一緒だけど、サイズが全然違う。
な、なんだこいつ……。で、でけぇ……。
二階建ての建物と同じくらいの背丈があるんじゃないか？
ごつごつした手には、岩を削って作ったような棍棒《こんぼう》があった。

種族：キングゴブリン
Lv：48
HP：1560／1560
MP：77／77
力：411

知力：１０９
耐久：４３０
素早さ：43
運　：25

こいつがこの巣のボスだな。キングってついてるし、間違いないだろう。

「ガルアア――ッ‼」

ひーちゃんが吠《ほ》え、口の中に蓄えた炎を一気に吐き出す。

石柱みたいな棍棒をキングゴブリンが振ると、ブレスはあっさりかき消されてしまった。

「がうぅ……」

こらこら、しょんぼりしないの。いや、気持ちはわかるけど。

ひーちゃんでこのステータスだ。

種族：竜族（幼少）
名前：ひーちゃん
Ｌｖ：20

HP：3040／3040
MP：110／270
力　：315
知力：145
耐久：355
素早さ：175
運　：22

キングとレベルが倍違うもの。同レベルなら負けないんだろうけど。
今のおれがこんな感じだ。

種族：人間
名前：風見仁太
Lv：27
HP：6300／6300
MP：800／3360

力　：2230
知力：1680
耐久：140
素早さ：130
運　：999999

スキル
【黒焔《ダークフィラメント》】1／10
【灰燼《アッシュ》】3／10

前に見たときより、ゴブリンを倒したおかげでレベルがちょっとあがっている。

【灰燼《アッシュ》】スキルも使用回数を重ねたからか、少し上昇していた。

MPは全回復してるわけじゃないけど、やるしかない。

ズシンズシン、と重い音がしたと思ったら、キングがこっちにむかって迫ってきている。

近づけば近づくほどでかく見える。

フォウン、と風の音がすると、キングが棍棒を振りあげたところだった。

ドタバタと走ってその場を離れるひーちゃん。

クイナもリーファもキングゴブから距離を取った。

おれも後方に何度かステップを踏む。

ドゴォオオン!!

轟音《ごうおん》と共に砂煙が舞い、土片や石の破片がいくつも顔をかすめていく。

おれたちがいた場所は地面がえぐれ、大きな穴が出来ていた。

「な、何よあのパワー……！」

「えぇ……あり得ません……」

リーファとクイナが驚きをつぶやく。

ん？　その程度？

もっと派手に吹き飛ぶかと思ったんだけど……。

大きかろうが名前にキングが付こうが、ゴブリンはゴブリンってことか。

ひーちゃんはかなり離れた場所で体を丸めて防御の体勢を取っている。

ひーちゃん、めちゃくちゃビビッてる！

離れ過ぎ！　頭抱えて翼も畳んでる！

ブレスが通用しなかったせいでネガティブになってるんだろうな、きっと。

「ジンタ、どうするの……？」

リーファが不安そうに訊《き》いてくる。

ジンタなら大丈夫、と前に平原で言ってたものの、攻撃を目の当《ま》たり《あ》にするとそれも弱気になるらしい。

「どうするって、倒すに決まってるだろ。二人はちょっとさがってろ」

そう言っておれは、キングゴブにむかっていった。

【灰燼《アッシュ》】を使いまくったおかげで、MPを使う感覚は摑んだ。

ベヒモス倒したときは加減が一切《いっさい》出来なかったけど、今なら放出するMPの微調整くらい出来るはずだ。

だから今なら——手加減して倒せる気がする！

魔焰剣《レーヴァテイン》を抜き、MP放出をはじめる。

前回のように、足元に深紅《しんく》の魔法陣が広がった。

刀身に黒い焰が巻きつく。

うん、前よりも力をセーブ出来ている感じがする。

五つの赤黒い魔法陣が刀身の根元から剣先にむかって出来た。

「ギャギャゴッ⁉」

なんかビビってるぞ、キングゴブのやつ。

おれは上段に構えた剣をキングゴブにむけて振りおろした。

「【黒焰《ダークフィラメント》】！」

放たれた黒い魔弾。それが一直線にキングゴブへむかい直撃。
ドガァアアン！
爆音が耳を刺す。真っ黒の閃光《せんこう》が視界に飛び込んでくる。
同時に衝撃波が走って森中が震えた。
「うわっ――――⁉」
吹き荒れた爆風に吹き飛ばされそうになるけど、どうにか堪えた。
あんなにセーブしたのに……やり過ぎた？？
衝撃音も大きかったから、まだ耳がキーンてする。
キングゴブがいたあたりは黒煙がもくもくと漂っている。
それが晴れると、そこにはもう何もいなかった。
爆心地は、前回の一〇〇〇分の一くらい。
キングゴブとその周囲をきれいに吹き飛ばせたみたいだ。
そこに、少し大きめの永晶石《コア》がぽつんと落ちていた。
さっそく回収しよう。
色は深紅。大きさは野球のボールと同じくらいだ。
手にとってみると、永晶石《コア》からは凄《すさ》まじい魔力を感じた。
【王の魂（王の器を備えし者の魂。王になるための資格の一つ）】
どうやら永晶石《コア》じゃなくて、なんらかのアイテムだったらしい。

でもステータスにはこれだけしか書いてなくて、それ以外の説明がなかった。

それどころか、レアリティもわからない。

アイボに入れておいて、あとで何なのかリーファに訊こう。

ぱたぱた、とリーファとクイナが駆けよってくる。

「ジンタ、大丈夫？」

「うん、この通り大丈夫だ」

「ジンタ様、ご無事でよかったです」

「……わたしは、全然心配してなかったんだけどね」

「と言いつつ、リーファさん『じ、ジンタがやられちゃったらどうしよぅ……』なんて言っていました」

「い、言ってない！　言ってないから」

顔を赤くしながらリーファは否定する。

クスリと小さく笑ったクイナは、まっすぐおれを見た。

「ジンタ様のパートナーとして、恥ずかしくならないように、もっと精進いたしますね？」

「わたしももっとがんばるから！」

クイナは風魔法が使えるし、リーファは情報屋兼ヒーラーだ。

二人はこのままでもいいと思っているんだけど、きっと守られているだけが嫌なんだろう。

気持ちだけでも受け取ることにして、おれは二人の頭を撫でた。

で、ひーちゃんは何してんだ？

探してみると、ひーちゃんはキングゴブが出てきた巨木の陰にいた。

よく見てみると、何かくわえているのがわかる。

何だあれ？　試験管のような……？

パリンと嚙み砕くと、中から液体が流れ出した。

「コラ、ひーちゃん、何でもかんでも食べたらダメだろー？」

「がうぅ」

返事をすると、今度はひーちゃんの体から強烈な光が溢れた。

わ、まぶし。なんだ？　ひーちゃん何食ったんだ？

目を細めていると。ぺたぺたぺた、と裸足《はだし》で走る音がこっちに近づいてくる。

「ご主人様っ、ご主人様ぁぁっ」

おれを呼ぶ声に目を開けると、小さな女の子がいた。

「誰《だれ》⁉　ど、どこから出てきたんだ⁉」

キングゴブに捕まっていた子供、とか……？

赤い髪の毛に、赤い瞳《ひとみ》。尖《とが》った歯。お尻《しり》のあたりからは尻尾《しっぽ》が生えている。

背中には小さな翼があった。

天使？　じゃあ、ないよな……？

「誰……？」

素《す》っ裸《ぱだか》だから目を逸《そ》らしながら訊くと、幼女はぴょんとおれに飛びつく。

裸の幼女がおれに抱きついている。

……おまわりさん、やったのはおれです。

——いや、じゃなくて。

「がうっ、ご主人様、ボクなのっ！」

『がう』ってまさか——⁉

「ひーちゃん、なのか……？」

「がうがうっ♪　うん、そうなの！」

嬉しそうに、自称ひーちゃんはモチモチほっぺをすりすりしてくる。

「ひーちゃん？　本当にそうなの？」

リーファは首をかしげている。クイナは翼や尻尾を触っている。

「作り物というわけではなさそうです。……ですけど……」

おれだってそう簡単には信じられない。

けど、あのときここにいたのはキングゴブとおれたち三人と一頭。

キングゴブが消し飛んだ今は四人になっている。

翼も尻尾も、ドラゴンひーちゃんのものによく似ている。

やっぱそうなのか？

「がう？」

首をかしげると、赤い髪が肩から少し垂れた。

うん、口癖《くちぐせ》もまんまだな。

おれにしがみつく幼女ひーちゃんを地面におろす。

「と、とりあえず服を――」

リーファは脱いだローブで幼女ひーちゃんを包んだ。

「リーファ、ありがとなの」

「うん、どういたしまして」

「けど、どうしてそんな体になったんだ？」

「ボクにもそれはわからないの。あそこにあった液体を飲んだら、この体になっていて」

ひーちゃんが指差した先には、巨木がある。

おれたちがそこへ行くと、木の裏には小さな木箱が置いてあった。

他に、指輪やネックレスなどの高価そうな貴金属がバラバラに置かれている。

ゴミみたいに適当に投げ捨てたら、こんな感じに転がるかもしれない。

さっきの道の奥には武器や道具が置かれてあったけど、ここは装飾品が多い。

奪ったはいいけど、用途や価値がわからないからボスに見せていたんだろうか。

小さな木箱の中を確認すると、割れた試験管がいくつもあった。

割れたりしないようにきちんと固定もしてあったことがわかる。

でも、乱暴に扱ったのか、かなりの数が割れていた。

きちんと残っているのはあと三本だった。

いつの間にかひーちゃんが小さな手でおれの手を握っていた。

火竜《ひりゅう》だからか、かなり手があったかい。

「ひーちゃんが飲んだのってこれ？」

「いいにおいがするから、食べちゃったの」

「何でもかんでも口にしちゃダメだろ？」

「がぅ……ごめんなさい」

元がドラゴンなんだし、気になったら食べちゃうのは仕方ないのか？

「ひーちゃんが良い匂《にお》いって思うなら、あいつらは飲んだりしなかったのかな……」

箱の中の匂いをかぐと、ちょっとツンとした匂いがする。

「魔物にとっては良い匂いなのよ、きっと。ゴブリンの嗅覚って魔物の中でも相当鈍《にぶ》いほうだから、わからなかったんじゃないかしら」

振り返ると、髪を押さえながらリーファがかがんで木箱をのぞいていた。

「じゃあ、この謎《なぞ》液体は、ドラゴンを人化させる薬なのか……？」

「ドラゴン限定かどうかはわからないけどね」

「ひーちゃん、体に異常って何もない？　気分が悪くなったりしてない？」

「だいじょうぶなの」

……原理はさっぱり不明だけど、この液体を飲むと人化するらしい。

「これも盗品なんだよな。ゴブリン、こんな謎液体作れないだろうし」

それから、ここの広場を探索したけど、結局得られた戦利品は、謎液体入りの試験管三本と【王の魂】だけだった。

武器や防具は、冒険者ギルドに報告して回収してもらおう。

元々どこかに運ばれる予定の品だろうし、ネコババ、良くない。

「そうそう、リーファ、これって何の石かわかる?」

おれがアイボから【王の魂】を取り出して見せると、首をかしげた。

「何の石って……ただの石ころじゃない。そんなの拾ってたの?」

「――え? いやいや、真っ赤《まか》な石だよ、これ。ステータスには【王の魂】ってある」

むう、とリーファは眉間《みけん》に皺《しわ》を作って手元の石をまじまじと見るけど首を振った。

「……わたしには、ただの石にしか見えない。今はステータスも見えないし……。けどもしそれが【王の魂】だったら、それ、魔王になる素質のある魔物からドロップすることが多いのよ。凄まじい魔力の結晶体で、脳、右腕、左腕、魂、腹、右足、左足。全部で七つあるの」

「ベヒモスから落ちなかったたってことは、強いけど素質はなかったたってことか」

「そういうことになるわ」

「てことは、あのキングゴブ、放っておいたら魔王になったかもしれないのか」

「うん、他のシリーズ所持者に負けない限りは」

「シリーズ所持者?」

【王のナントカ】を持っている魔物のこと。すでに相当強かったり、後々かなり強くなったりする魔物が多いから。そいつが他の所持者を全員倒したら、そいつが魔物で一番強いってことになるでしょ？」

「じゃあ、そいつが魔王ってことか」

「けど、やっぱりわたしにはただの石にしか見えない……」

リーファが石をまじまじと見ていると、クイナもやってきた。

「どうかされましたか？」

「クイナも見てくれよ。何に見える？」

やっぱりクイナも不思議そうに首をかしげる。

「何に……？　石ではないのでしょうか」

「やっぱりそう見えるわよね？」

リーファが言うとクイナもうなずく。

ひーちゃんはどうだろう。ドラゴン目線なら何か……。

「？　がう。これは石だから食べられないの、ご主人様」

「そういう視点は要らないの。……けど、おれ以外には石に見えるのか」

今にも燃えあがりそうなこの深紅の石。

何かの意思でも持っているかのような強い存在感がある。

なのに、何でみんなには石に見えるんだ？

結局その謎はわからないままだった。

「何だかんだあったけど、クエスト自体はクリアしているんだから、報告に行こう」

おれたちは来た道を辿《たど》って、森を後にした。

ログロの町に入って、道具屋で回収したゴブリンの永晶石《コア》二〇個を残してあとは売却。

ついでに、クエストに必要な永晶石《コア》二〇個分の鑑定書を書いてもらう。

隣にいるひーちゃんは背伸びして、不思議そうに道具屋のおじさんの羽根ペンを見つめていた。

そういや、ずっとリーファのローブを着たままだ。

「あの、子供服って置いてますか？」

「あぁ、あるよ」

おじさんはさらさらとペンを動かしながら、店の隅を指差した。

「ご主人様、ボクはこれでもいいの」

「おれが良くないの」

ずるずるローブを引きずっているし、町の人にもおかしな目をむけられることもあった。

とは言え、おれにファッションセンスなんてものはない。

「リーファ、クイナ、二人でひーちゃんの服選んでやってくれないか？」

店内にいる二人に声をかけると、すぐに来てくれた。

「いいわよ」

「ひーちゃんさんは、服は何が着たいですか？」

「がう……わかんないの」

まあ、ドラゴン、普段服着ないしな。わからないのも当たり前か。

「じゃ、おれは鑑定書受け取りに行くから」

おじさんのいるカウンターに行こうとすると、ひーちゃんが手をきゅっと摑んだ。

「ご主人様に、えらんでほしいの……」

「おれに？　いいけど、おれ、あんまわかんないぞ？」

「それでいい。がう」

じゃあ、それでいいなら選ぼうか。

すでに売り場には、その気になっていた二人が服を手にとって見せ合っていた。

「わたし、ひーちゃんにはこういうのが似合うと思うの」

リーファが手にとったのは背中が見える服と可愛らしいミニスカートだった。

それを見てクイナが鼻で笑う。

「わかっていないですね、リーファさんは」

「何がわかってないって言うのよ。こっちのほうが窮屈じゃないし動きやすいでしょ？」

「ひーちゃんさんはドラゴンなのですから、品があってカッコいい格好をしないと」

田舎育ちのお嬢様エルフが選んだのは、膝《ひざ》まであるロングコートとジーンズだった。

ひーちゃんは、二人の服を交互に見ておれを見て、服を交互に見て、おれを見て、を繰り返している。

どっちも、それなりに似合うと思う。

「ひーちゃんは、どっちがいい？」

「がう……ぅぅ……」

小難しい顔をして服を穴があきそうなほど見つめるひーちゃん。

「わたしのほうがいいわよね？」

「わたくしのほうがいいですよね、ひーちゃんさん」

「がう……わかんない。ご主人様、えらんで」

「結局こうなるのか。……ひーちゃんは、翼や尻尾があるからなあ……あまりピシッとしてないほうが、着心地がいいかもしれないから、リーファのほうで」

おれがリーファから服を受け取ると、うぐぐ、とクイナは悔しそうに唇を噛んで、リーファはドヤ顔を見せた。

「これはきっと、ジンタのわたしへの信頼の表れだと思うの！」

「いや、そういうことじゃねえから」

「フン、今回はわたくしのほうは選ばれませんでしたけれど、ジンタ様のわたくしのおっぱいへの信頼は揺るぎませんので」

「いやそうだけど！　ホントのことだけど言っちゃいけないことってあると思うんだ。これ、そういうヤツだから！」

リーファが半目でおれを見てくる。ひーちゃんもだ。やめろ！

「何よ、おっぱいおっぱいって……。ジンタなんか、おっぱいに包まれて窒息すればいいのよ」

「それはそれでなんか幸せそうだな⁉」

「ではジンタ様、すぐに準備を」

「整えようとすんじゃねえよ。やったら絶対に苦しいだけだから」

「……ご主人様、ボクはまだおっぱい出ないの……がう……」

「ひーちゃん、そういうんじゃないから。いや、てか出るの、ドラゴンって？」

「おっぱいの話になると、リーファさんはすぐに食いつきますのね。劣等感ですか？」

「ち、違うわよ！　ジンタが鼻の下伸ばすから！」

「小さいと隙間も引っかかりませんものね？」

「ぐう……ば、ばかにして！　でも、需要はあるもん、需要は！」

「どこにあるのです？　ツルペタ族ですか？」

「そんな一族いないわよ！」

そんな仲良さそうな（？）やりとりを聞きながら、ひーちゃんに服を渡して奥の試着室に促す。

「……どうやって着るの、ご主人様」

「え？　どうやってって……」

そっか。服なんて着たことないから着方もわからないのか。

じゃあ、おれが着せて……。え、おれが着せるの――？

ひーちゃん、ローブを脱ぐと素っ裸なわけだから……。

おまわりさん、おれがやりました……。

――いや、そうじゃなくて。

「いいか、ひーちゃん。おれは都合上、一糸まとわぬひーちゃんを見ることは出来ない」

「できないの？」

「うん。だから、目をつむって服を着せる」

そのままかがんで、おれは目をつむった。

「がう。……おねがいします」

「はい。お願いします」

服は頭からかぶせてしまえばそれでいいはずだ。

手さぐりで服を掴み、前と後ろを確認する。

「ローブは脱いだ？」

「がう。ぬいだの」

ひーちゃんの頭を触って、場所を確認。

そのまま服をかぶせた。

「がうぅ」

目を開けると、服の中でひーちゃんがもぞもぞしているところだった。

赤い頭が出てきて、袖《そで》から腕が伸びる。

うん、きちんと着られたみたいだ。最後にベルトを留めてあげる。

「がう……」

ちょっと窮屈だったのか、背中から翼を出した。

竜の国の幼い姫様みたいな雰囲気だった。

「うん、似合っている。このまま買うことにしよう」

おれはひーちゃんをカウンターへ連れて行き、お会計を済ます。

鑑定書と預けていたゴブリンの永晶石《コア》を受け取り、アイボへ収納する。

おじさんにお礼を言って店を後にすると、リーファとクイナも出てきた。

「あ、やっぱり似合ってる！　可愛い！」

「……これは……確かに、すごく良いです」

嬉しそうなリーファとゆっくりうなずくクイナ。

「だってさ？」

「がうう♪」

機嫌良さそうに鳴いたひーちゃんはぴょん、とおれの背に飛び乗る。

ぺろぺろ、とおれの頬《ほお》を舐めた。

「わ、こら。やめろ、くすぐったいから」

こうして、おれの仲間は二人から三人になった。

そういえば、今日は朝食以外パインゴしか食べてなかった。

もう夕暮れを迎えて、食堂や飲み屋からはいい匂いが漂っている。

ぎにゅぅ……。

変な音がした。なんだ、ぎにゅぅって⁉

「お腹すいたの、ご主人様……」

さっきのは、ひーちゃんのお腹の音だったらしい。

「じ、実はわたしも……」

リーファが控えめに挙手。クイナも恥ずかしそうに手をあげた。あ、うん。おれもだ。

要するに、みんな腹ペコだったみたい。

ゴブリンを狩った稼ぎもある。ここはケチケチせずにぱーっと使おう。

「お金も出来たし、夕飯は豪勢な物を食べよう。食べたい物があるんなら何でも食べよう」

「ご主人様、ボク、ゴブリン食べたいのっ！　ゴブリン、ゴブリン！」

すげーテンションあがってる！　え、てかゴブリン食いたいの⁉

「それはやめとこうか。……ごめんな『何でも』って言ったクセに」

がうー、と残念そうなひーちゃん。

さすがにゴブリンは守備範囲外だ。

ドラゴンからすると、ゴブリンって美味《うま》いの？

「わたしはお肉が食べたい！」

「お魚です！　太りますよ、リーファさん」

「うぐぅ……そ、それは困るかも……」

「両方食えるところに行けばいいんじゃないか」

前回もこうすれば良かったな。

と、反省しつつ、リーファの話を聞きながら店を絞っていく。

「あそこの店は、お魚料理が少なくて――ひとつ隣の通りに貴族御用達《ごようたし》のお高いお店があるんだけど――」

「さすが天界にいらっしゃった女神様。よく知ってるな」

まあね、と得意そうなリーファ。

「知識的には、歴史の教科書や地図や資料集を丸暗記したのに近いのか？」

「そんな感じね。上にいたときは、変動すればそれが反映されていたの」

「死生課の女神なのに、そんなことまで覚えてるんだな」

「魂の送り先がどんな世界なのかさっぱりわからないって、さすがに無責任でしょ？」

ひーちゃんとクイナがぽかんとしているけど、これはさすがに説明出来ないので、お茶を濁して食べ物の好き嫌いに話をすり替えた。

結局店は、お高い店じゃなくて、一般的な値段の大衆向け食堂に入った。

質より量ってことで。高価じゃないけど、魚料理も肉料理も美味《おい》しく食べられる店だ。

ひーちゃんの胃袋はドラゴン仕様じゃなく、体形に比例した胃袋だった。

すぐにお腹いっぱいになって、おれの膝《ひざ》の上に座って足をぶらぶらさせている。

「がうがう～っ」

「ひーちゃん、なんか楽しそうだな?」

「いつもボクだけ外でまっていたから、ご主人様といっしょにいられるのがたのしいの」

騒ぎになるから、町や村の外で待機がほとんどだったもんな。

フォークで刺した白身魚をクイナは上品に口に運ぶ。

「ひーちゃんさん、寂《さび》しかったでしょうに」

「ゴブリンとあそんでいたから、だいじょうぶだったの」

おれたちは、全員眉《まゆ》をひそめた。

「「「遊んでいた……?」」」

平原にゴブリンの死体いっぱい転がっていたんですけど!

『みんな、ボクとあそぼー』

『ギャ!? ギャ! ギャギャ(うわぁ!? ド、ドラゴンだ! に、逃げろ)』

『まてまてー』

『ギャァァァァ――!?』

こんな感じだったのか……?

もしそうだったなら、空気を読んでさしあげて欲しいところだ。

無邪気《むじゃき》って怖い。

パスタをフォークに巻いたまま固まるリーファが、ぼそっと言った。

「ど、ドラゴンの感覚って、やっぱり違うのね……」

「そのときは食べてなかったよな、ゴブリン」

「お腹すいてなかったの」

「そ、そういうもんなんだ……」

「ハイランクの魔物だから……ドラゴンは……。そ、そういうものなのかも」

「そうですね……」

仔《こ》ドラゴンから受けたカルチャーショックは転生後最大のものだった。

それから雑談しながらの食事は、それなりに楽しかった。

お腹いっぱいになり、おれたちは店を出た。

湖畔の家に帰れなくもないけど、夕飯後のこの時間に移動するのはちょっと億劫《おっくう》だ。

というわけで、宿探し。

これもリーファナビに従い、いつもは安宿だけど少しだけ上等な宿に泊まることにした。

五章　ライン・フリードマン

次の日、宿を出たおれたちは、クエスト報告をするため冒険者ギルドへむかった。

担当してくれたアナヤさんを見つけ、カウンターの席につく。

「今日はどのようなご用件でしょう」

「先日受けたクエストの報告をしに来ました」

おれはしまっていたゴブリンの永晶石《コア》二〇個と鑑定書を取り出した。

「あら。さすがベヒモスを倒したカザミ様。お早いですね」

にっこり笑ってそう言った。

「いえ、たまたまですって。仲間も頑張ってくれましたし」

鑑定書の検分をしはじめて、うんうん、とアナヤさんはうなずいている。

「これなら問題ないでしょう」

「あ。あと、ゴブリンの巣らしきものを森で見つけて、そこにいた巨大ゴブリンもついでに倒しておきました」

「はぁ……？」

まばたきをしまくっているアナヤさん。

おれが何を言っているかまだわかってないみたいだ。

「商品を運搬中によく襲われるっていう話だったじゃないですか。それで、どこかに巣があるんじゃないかと思ったんです」

「えぇ……はぁ……」

「それで、ゴブリンの巣窟《そうくつ》を見つけたんです」

アナヤさんが地図を取り出すと「この森よ」と後ろからリーファが場所を指差した。

「ここに、ゴブリンの巣が?」

「はい。盗品とかもいっぱい見つけたんで調査とかそういうの、お願いします。わかる範囲でいいんで、持ち主に返してあげてください」

「私の仕事がすごく楽になるぅぅぅ！　ありがとうございますぅさすがカザミ様ぁ」

すごい猫なで声だ！　キャラの崩れ方が半端《はんぱ》ねえ！

「ええっと……楽になるんですか？」

「ええ、ええ、それはもう。商人たちから護衛クエストの依頼がたくさんありましたし、ログロ商会からもどうにかしてくれ、とせっつかれていた案件でしたので」

アナヤさんは羽根ペンを取り出しておれに渡した。

書類上の手続きを教えてもらいながら済ませ、報酬を受け取った。

アナヤさんがファイルを手にしてパラパラとめくる。

「次のクエストはすでにお決めでしょうか？」

「いえ。今のところは何も」

「それでは、これなんてどうでしょう。半年近く前の捜索クエストなのですが」

『Eランク　行方《ゆくえ》不明人の捜索』
場所：――
成功条件：ライン・フリードマンの居場所を突き止めること。もしくは有力な情報。
条件：なし
依頼主：アルダディース商会
報酬：100万リン（居場所を突き止めた場合。情報のみなら内容に応じた額）

「人捜しか……って報酬一〇〇万⁉　結構貰《もら》えるんですね……」

「ええ。最初はこれほど高くなかったのですが、日が経《た》つにつれて、足取りも摑《つか》みにくくなりますので、それで報酬をあげているようです」

やってもいいけど……情報が名前だけじゃ、捜しようがないな……。

後ろにいるクイナが訊《き》いた。

「どうして依頼者はこの方をお捜しなのでしょう？」

「ライン氏は、先方が資金的に援助していた研究者だそうです。それが突然、研究資料と共に姿を消してしまったそうなのです」

お金を出していた商会からすれば、研究成果を持ち逃げされたようなものだ。

ふうん、とリーファが鼻を鳴らす。

「このクエスト、依頼側は取り消さないのね。ずいぶんと時間が経っているようだけど」

「ええ。先方もずいぶんとお捜しの方のようです」

もう少し話を聞いてみて、出来そうにないなら別のクエストを紹介してもらおう。

半年前に行方不明になった人を捜すって、そう簡単なことじゃないだろうし。

「リーファ、アルダディース商会って？」

「ここから北西にあるロマっていう港町を拠点にしている商会で……」

そこでリーファは言葉を切って声を潜めた。

「武器や奴隷、使役用の魔物の売買を中心に活動している大商会よ。だから、荒事にも慣れているし、傭兵《ようへい》団や国軍、国外にも顔が利《き》くって話。ゴロツキみたいな私兵もたくさんいるの」

商会が支援して研究をさせていたけど、そのラインさんは研究資料と共に突如失踪。

組織が捜して見つからないのに、おれたち数人が捜して見つかるのか？

「これが、ライン・フリードマンという人物の人相書きでございます」

アナヤさんがファイルから一枚を抜き取り見せてくれた。

髪の毛はちょっと長めで、小太りで四角い顔に眼鏡《めがね》をかけている男だった。

なんとなくだけど、生物の先生にこういう人がいそうだ。

ひょこ、とひーちゃんがカウンターの上に顔を出した。

「がう。このひと、家のひとなの」

「ひーちゃん知ってるの？」

「ごはんを食べさせてくれた家のひとだから、ボクしってるの」

「家の人？」

「ご主人様たちの家に、まえ住んでいたひとなの」

「住んでた？　おれたちがガチャで当てたあの家に？」

こくこく、とひーちゃんはうなずく。

「どうして、このラインって人がひーちゃんにご飯を食べさせてたんだ？」

「それは、ボクもわかんない。でも、いつも森にやってきて、パインゴをボクに食べさせてくれたの。あとを追いかけると、あの家にかえっていったから『家のひと』なの」

「ひーちゃんさん、違う方と勘違いしているってことはないのでしょうか？」

「めがねかけてたし、ボクがごはんをもらっていたころには、もうこのクエストが発生していたから、きっとまちがいないの」

ひーちゃんと知り合う前に、ラインさんは行方不明になったたってことか。

ご飯あげてたって言うけど、子供とはいえ一応ドラゴン。

見た感じ、戦いとは無縁そうな人だ。怖くなかったのか？

「今どこで何をしているのかって、ひーちゃんわかる？」

「わかんない。森から出ていってかえってこなくなったの。ご主人様たちがくる、五日くらいまえ」

「あ。もしかして、それで家に体当たり？　してたの？」

「がう。家のひとの家なのに、しらないひとたちが入ったから怒ったの」

とんとん、と資料をまとめるアナヤさん。

「どうなさいますか？」

クエスト発生時期は半年前。

でもひーちゃんはおれたちと出会う前、この人にご飯をもらっていた。

おれが森でひーちゃんと出会ったのが一〇日前。

それよりもさらに五日ほど前、ラインさんは森を出ていった。

一番最近の情報がそれなら、まだ追えるかもしれない。

「受けます。このクエストやります」

「かしこまりました。ご報告は、最寄《もよ》りの冒険者ギルドでも問題ございません。他《ほか》にもクエストをお探しになりますか？」

そっか、別に複数のクエストを並行してもいいんだ。

……けど、他に時間を割く余裕もなさそうだ。

「いえ。今回はこれだけでお願いします」

「かしこまりました。それでは、朗報をお待ちしております」

行儀よく頭をさげるアナヤさん。

おれたちはカウンターを離れ、冒険者ギルドを後にした。

「ジンタ、これからどうするの？　受けちゃったけど」

「うん、一旦《いったん》家に帰ろうと思うんだ。家に何かしらの手掛かりがあるかもしれない」

「家、ですか？」

クイナが首をかしげる。

そういえば、まだクイナは知らないんだった。

「わたしとジンタの家なんだけど、エルム湖のそばに家があって、それを少し前にガチャで当てたのよ」

「そのようなものまでガチャで当てられていたのですか、ジンタ様は。……それでは、その家はわたくしとジンタ様の家でもあるのですね」

「何でわたしを弾《はじ》いたのよ」

「まあ、そういうことにもなるのかな？　誰《だれ》の家っていうか、みんなの家だ」

「ボクも？　ボクの家でもあるの？」

「うん、ひーちゃんの家でもあるぞ」

がう～、とひーちゃんはおれの背に飛び乗ってモチモチほっぺをすりすりしてくる。

「ねえ、クイナ。ジンタって、ひーちゃんには甘いわよね？」

「ええ、それはわたくしも感じておりました」

「そんなことねーよ。――ここからエルム湖まで、どれくらいかかりそう？」

「ここからだと、歩いたら六時間くらいかかるかも」

「そっか。ひーちゃんに乗れたら良かったんだけど……」

「がう？」

ひーちゃん、むしろ今はおれに乗ってるし。

サクサク歩けば日没までには着くだろうっていう話だ。

「それなら、馬車乗らないか？　そっちのほうが楽だし速い」

リーファがこの世の終わりを迎えたような顔をしておれを見てくる。

なんつー顔してんだ。

不安そうにするリーファを励ましながら、おれたちは町はずれにいた御者《ぎょしゃ》さんを見つけ、エルム湖まで乗せてもらうことにした。

ガタン、ガタン、とやっぱり馬車は揺れる。

おれの隣に座るリーファは、じっと窓の外を見ている。

「う～……」

「リーファ、どうしたの？　よったの？　だいじょうぶなの？」

リーファの肩をひーちゃんが揺する。

「うん……大丈夫だから、ひーちゃん、揺らさないで、今、揺らさないで」

「相変わらずだな。横になるか？」

うなずいたリーファは、そのままコロンと座席の上で横になる。

座席は二人掛けで、横になるには少々窮屈で――。

自然とおれが膝枕《ひざまくら》する形になった。

「……」

白かった顔色が赤みを帯びていき、リーファがそっと目をそらした。

おれも、どこ見ていいかわからなくなって前を見た。

そこにはクイナがいて、静かに微笑《ほほえ》んでいた。

「わたくしもあとでご褒美いただきますね？」

「え？　ああ……うん？」

「ご主人様、ボクもあとでゴブリンほしいの」

「それはやめとけ。……え、何、クセになる味なの？」

「がぅ……コリコリしてておいしいの」

軟骨の唐揚げ食ってる感じなのか？

そうだったとしても、やっぱゴブリンを食べたいとは思わないなあ……。

仕方ないから、パインゴをアイボから取り出してひーちゃんにあげた。

「がるぅ～」

ご機嫌そうにパインゴにかぶりつくひーちゃん。

ドラゴンのときみたいに一口ってわけにはいかず、小さな手には余る果実を持ってちょっとずつ食べている。

静かになったと思ったらリーファはおれの片膝の上で眠っていた。

食べ飽きたのか、もぞもぞとひーちゃんがもう片方の膝の上に乗っておれにしがみつく。

抱っこしている状態でいると、すぐに小さな寝息が聞こえてきた。

「ふふ、ジンタ様、お父さんみたいです」

「まだそんな歳《とし》じゃねえよ」

「もちろん、わたくしがお母さんで妻なのですけれど」

「リーファは我がまま放題の長女で、ひーちゃんは甘えたい盛りの幼い次女ってところか」

「まあ、ぴったり。困るのが、娘たちがお父さんを好き過ぎるってところでしょうか」

そう言って、クイナは楽しそうに苦笑した。

冗談を言い合っているうちに、いつの間にか眠っていたらしい。

クイナに揺すられて起きたときは、もう窓の外にエルム湖があった。

反対の窓には、ガチャで当てた我が家が見える。

おれは御者さんにお礼を言って運賃を支払った。

馬車が去るのを見届けて、家へと歩きだした。

——ここでおれたちは、ひーちゃん自身も知らない過去に触れることになる——

家に帰ってくるのは、相当久しぶりな気がする。

到着してもひーちゃんは起きなかったので、おんぶしたまま寝室へむかいベッドへ寝かせた。

ここでうるさくして起こすのも可哀想《かわいそう》なので、おれたちは隣の書斎へ入った。

「良い所ですね。魔物の気配もほとんどありませんし、森も静かです」

窓の外を見ながらクイナが言う。

「だからかな、行方不明になったラインさんがここに居ついたのは」

「ひーちゃんにご飯をわざわざあげていた、っていうのも気になるわよね……」

「リーファ、ライン・フリードマンが何者でどこにいるのかってわからない？」

「さすがに個人の居場所は特定出来ないわ。天界にいたときでもそれは無理ね……。ライン・フリードマンが何かしら世間的に認められた著名人だったりすれば、何をしていた人かっていうのはわかるんだけど……」

リーファが持っている情報は、ステータス上で見えるものと教科書的な事実としての情報、あとは地理地形って言っていたっけ。

壁際の本棚は小説や学術書のような小難しいタイトルがつけられている。

一冊だけ背の低い本を見つけた。

一ページ目を開くと、植物らしき物の名前が記されている。

「何だこれ？　メモ帳……？」

調合した植物の名前。その量。その他様々な考察が走り書きされている。

難しい単語をすっ飛ばしながら、おれは手帳の中身に目を通すことにした。

次のページからは少し丁寧な字に変わっている。

日付が書かれていて、その下に文章がある。どうやら日記みたいだ。

「何読んでるの？」

リーファが手元をのぞくとクイナもやってきて手帳を見る。

「これは……日記、でしょうか」

ちょっとだけ読んでみる。

新世暦1024年11月10日
王国から研究員として士官の話が来た。
永晶石《コア》から魔力の抽出なんて研究したいわけじゃないっつの。
断った次の日、てか今日、今度はアッチェロっていうアルダディース商会の男が来た。
一言で言うとウザい奴《やつ》だった。
金を出してやるから、薬を研究開発しろってのが用件。
出来あがったらそいつを売らせて欲しいって。
やっべ。オレの才能ついにバレた。溢《あふ》れ過ぎて隠し切れんかったわぁー。
天才まじツライわぁー。

オレ氏、ついに歴史の表舞台へｗｗｗｗ

草を生やすな、草を。いや、まあ日記だからいいんだけど。

そんなわけがあり、アルダディース商会で薬を研究しはじめたらしいラインさん。

それから数日分の日記を読んだ。

ところどころ、『オレ氏天才過ぎクソワロタ』的な発言が目につく。

思ってた研究者像と違う……。

人相書きは、真面目《まじめ》な研究者っぽかったのに。

新世暦１０２４年12月21日
いや、つか、オレ最初に言ったっしょ。作る薬、人のためになるもんじゃねえと嫌だって。

麻酔剤、強力なもんにするとか、イミフなんだが！　人に使う薬じゃなくなるんだが！

って思ってたら、事情がわかった。

どうやら、対魔物用の薬だったらしい。

……で、改良……いや、改悪したった。

ま、こういう応用力も？　オレが天才だから出来ること、みたいな⁉（ここ、突っ込みどころｗ

スルー厳禁w）

　誰に言ってんだ。

（　）がうぜえ。

って思いながら次の日記を読むと、目を引く一行があった。

新世暦1025年1月4日
オレが作った強力版麻酔剤は、ナーレ山で成体の火竜《ひりゅう》（♀）捕獲に役立ったらしい。

母竜《ははりゅう》が守っていた卵もおまけに盗《と》ってきたそうな。

ナーレ山に檻《おり》を用意し、そのまま火竜を抑え込むために麻酔剤を大量投与し続けているって話。

マジ萎《な》える。そういう使い方、ないわー。

あれ、万一人に使うとエライことになるんだが。

いや、アッチェロには言った。

オレ、そういう薬が作りたかったワケじゃねえって。

そしたら次の日、研究室に外から鍵《かぎ》をかけられオレ氏、軟禁《なんきん》されたwww

これ、マジでやばいパターン！　あwせwるwww

だから草を生やすな、と。

「――えっ、軟禁⁉」

「にしては緊張感のない文章ね……」

「ええ……この他人事《ひとごと》みたいな言い草はどうにかならないのでしょうか」

「しかも、母竜と卵を捕獲って書いてるわよ……？」

「ひーちゃんとお母さん、かな」

それから十数回分の日記を要約すると、だいたいこんな感じ。

・新薬の研究開発をするように指示があった。

・軟禁されているし仕方ないから作るかー。

・半年後、強制人化剤が完成。試薬品を母竜に投与し成功。

・オレ、やっぱ天才。けど囚《とら》われたまま薬作らされるのは嫌。よし、脱走すんべ。

・研究資料として必要って言うと卵を貸してくれた。ドラゴンの雛《ひな》が、商会のところにいれば酷《ひど》い扱いされちゃうじゃん？

・卵と強制人化剤（完成品）を持って脱走に成功する。ウエーイwww

・【悲報】オレ氏、ゴブリンに強制人化剤を奪われるｗｗｗ

うんうん、とリーファはうなずく。

「ノリが軽いのがかなり気になるけど、事情はだいたい呑《の》み込めたわ。……ラインさんが脱走したのは、久しぶりにガチャしたかったからなのね！」

「違うけど⁉　おまえと一緒にすんな。すげー読解力だな」

「うふんっ。ありがとう」

「褒めてねーよ、皮肉だ」

はっとクイナが目を開く。

「真実はそのような意味だったのですね……わたくしてっきり、研究目的や内容、薬の使用方法が商会と食い違う上、強制的に薬を作らされるから脱走したのだとばかり……」

「クイナ、それで合ってるぞ？」

日記によると、それからラインさんはこのエルム湖に来て、身を潜めた。

それと同時に卵が孵《かえ》り――これがひーちゃんで間違いないだろう――雛の面倒をしばらく見ていた。

『もしここにいて見つかれば、オレも仔竜《こりゅう》も捕まっちまう。そうなる前にここを離れよう』

日付は今年の四月一日。

だいたい二週間前のこれが日記の最後だった。

「ジンタ様……ライン氏のことはどうされるおつもりです？」

日記を読む限り、ノリは超軽いけど悪人ってわけじゃなさそうだ。

それに無茶苦茶なことをしたのはクエストを依頼した商会側だ。

クエスト上、この日記を情報として渡せばそれなりに報酬はもらえるんだろう。

この家にしばらくいたことや、ガチャ屋に家を売ったこと（逃走資金稼ぎ目的か何かだろう）が

わかる。

でも、ラインさんはひーちゃんの恩人でもある。

商会の手にあった卵を持ち逃げして、ひーちゃんを育ててくれた。

……おれに、この人は売れない。

「クエストは、破棄しようと思う」

二人は同時にうなずく。

「……ねえ、ジンタ……ひーちゃんのことだけど……」

「ああ。このことは最初に言ってただろ？」

それを覚えていたのか、リーファは少し寂《さび》しそうにうなずく。

「ナーレ山ってところにまだいるんなら、お母さんに引き合わせようと思う」

リーファが場所を教えてくれた。ロマの港町近くの山だそうだ。

「そう言えば、作った麻酔剤を人に使うと大変なことになるって書いてあったわよね？」

「はい。それと、強制人化剤は飲ませる量と人化していられる時間が比例するようです」

日記をクイナがめくってそのページを見つける。

「……リーファ、魔物使いってこの世界にいる？」

「うん、いるにはいるけど、どうかした？」

「麻酔剤で魔物を捕まえる、そいつらを魔物使いが従わせて、強制人化剤を使う……そうなると、魔物の兵士が出来あがるわけだ」

リーファとクイナの表情が強張《こわば》る。

「魔物使いのいるユニオンや傭兵団や軍には、薬が高く売れそうね」

「一気にきな臭くなってきました……」

強制人化剤の完成品はラインさんが持ち出したし、もう一度作るまでに時間がかかるだろう。

「人化剤を大量生産されると争いの元になるわ」

「麻酔剤も人化剤も研究資料は、ロマの商館にあるとここに……」

クイナが日記の一部を指差す。

その商館ってのが、アル商の本拠地みたいだ。

麻酔剤の薬自体はある程度作られているだろうけど、レシピである研究資料を破棄させておけば、人化剤は作られないし被害は食い止められるはずだ。

「ロマに行こう」

ズシィイン——。

突然聞こえてきた隣からの物音に、おれたちは部屋を出て寝室をのぞいた。

「ひーちゃん、どうかしたか？」

そこにいたのは、ドラゴンひーちゃんだった。人化剤が切れたのか？

「がる？　が⁉　が、がうう⁉」

ひーちゃんは自分を見て驚いている。

眠っていたベッドはドラゴンの体重を支えきれず、ぺしゃんこになっていた。

「あらあらぁ。ひーちゃんさんがドラゴンに戻ってしまいました」

ベッドをお尻《しり》でぶっ潰《つぶ》したひーちゃんはがるぅぅ、と悲しそうに鳴いた。

移動するんだし、ちょうどよかった。

……あれ？　翼がちょっと大きくなってるような……？

「……ひーちゃん、今からロマにむかうんだけど、乗せてもらっていい？」

「がう！」

うなずいてくれたひーちゃんを外へ連れていく。

一日くらい家でゆっくり出来るかと思ったけど、そうはいかないみたいだ。

「定員が二人でのんびり歩くにしても時間がかかる……。リーファ、アイボって人間入れるの？」

「入れるけど……え――もしかして……？」

「そのもしかしてだ。おれは二人のうちのどちらかを――収納しようと思う」

「そのぅ、ジンタ様……あいぼ、というのは一体……？」

おれがアイテムボックスのことを説明する。

「便利なものをお持ちなんですねえ」とクイナはのんびり言った。

「そういうことでしたら、わたくし、ジンタ様と二人きりが良いです。ですのでここは、ご褒美をもらったリーファさんに我慢していただくということで」

「わ、わたしだって二人きりが、その……。——と、とにかく収納されるなんて嫌だから」

話し合いじゃらちが明かないから、ジャンケンで決めることになった。

この世界にもジャンケンはあるらしく、クイナは緊張の面持ちでうなずいた。

「恨みっこなしだからね」

「それはこっちのセリフです。……いきます、ジャン、ケン——」

ポン、と二人がそれぞれ手を出す。

次の瞬間、リーファが両手で顔を覆って、膝から崩れた。

「ふぇ……やだよぅ……」

涙目になるリーファと、満面の笑みを浮かべるクイナ。

見ればすぐにわかるほど、見事な敗者と勝者の図だった。

運が絡《から》むとリーファは弱いなあ……。

「うふふ、それではリーファさんしばらくお別れです」

「リーファ、準備いいか?」

「うぅ……わたし女神なのに何で収納されないといけないの……?」

鼻をぐずらせながら、うるうるとリーファは涙を浮かべ体育座りで丸くなる。

全然立ちあがらないリーファの肩を抱いて、両膝の裏に腕を通して持ちあげた。

「よいしょっと」

「わっ――」

ちょうどお姫様抱っこのようになって、リーファの顔が肩口に来た。

「あっ、あの……ちょっと……えと………」

顔をじわじわと赤くするリーファは、ぐるぐると目を回しはじめた。

……今のうちだ。ふわっと浮かんだブラックホールにリーファを入れる。

何か文句を言われるかと思ったけど、失神してたらしく何も言わなかった。

よし――女神収納。

おれとクイナはひーちゃんに乗り、エルム湖を発《た》つ。

クイナが風魔法で追い風を起こしてくれたおかげか、予定よりも早く港町に到着した。

ひーちゃんから降りてアイボを出す。

黒い穴の中に手を突っ込んでリーファを思い浮かべると、むに、と何かに触れた。

「ひゃん⁉」

あ。これだなリーファ。手らしきものを掴んだので一気に引っ張って外に出す。

べちゃ。

「あいたっ⁉　……いきなり乱暴しないでよ……」

ぱっぱと砂を払ってリーファは立ちあがる。

「中はどうだった？　気分悪くならなかったか？」

「ならなかったけど……。ジンタ、さっきわたしのおっぱい触った……」

そう言って、むうとおれを半目でにらむ。

「リーファさんに触れるほどのおっぱいなんてないのですから、怒るのが筋違いというものです」

「あるわよっ！　失礼ね！　……あるわよっ！」

「何で二回言ったんだよ」

ひーちゃんには、ラインさんの人化剤を飲んでもらおう。

一滴だけ飲ませると体が光り、目を開けると幼女ひーちゃんがいた。

ちゃんと買った服も着ていた。人化って不思議だな。

物理的に伸び縮みするわけじゃないのか。

それから、町に入り冒険者ギルドでクエスト破棄を伝えた。

注意事項をいくつか説明されたけど、今後すごく不利になるってわけでもなかった。

移動の疲れをとるため、明日に備え今日は宿で休むことにした。

六章　火竜《ひりゅう》の母娘《おやこ》

翌日、おれたちが起床したのは、まだ日の出前の暗《くら》い早朝。

作戦の都合上、人目につかないほうがいいし、商館に人がいない時間のほうがいい。

おれたちは宿を出て、アル商本拠地の商館を目指す。

ふぁぁ……、あくびが止まんねえ。

今、朝の四時くらいかな。

「緊張感ないのね……。起きてからあくびばっかりしてる」

「いつもこんなに早起きしないからな……」

おれの手をきゅっと握っているひーちゃんも、目をしょぼしょぼさせている。

意外にもしっかりしているのがリーファで、朝に一番弱いのはクイナだった。

長旅と早起きは、森育ちのお嬢様には少々キツかったのかもしれない。

ゾンビみたいにゆらゆら歩いている。目も全然開いてない。

「ジンタしゃま……そこを吸うなんて……いけません……」

「歩きながら寝てる⁉」

「ちょっと、クイナ起きて。うちのメンバーは何でこんなにユルいのよ……」

リーファが肩を揺すると、右に左にクイナの頭が揺れる。

「ぁぁ……ペチャパイが押し寄せてきます……」

「誰《だれ》がペチャパイよどんな夢見てるのよ！」

「リーファ、しー」

「しずかにするの」

「え？　何で？　何でわたしが非難されてるの⁉」

いつの間にかぱちっと目を開いているクイナ。ちゃんと起きたらしい。

「そうですよ、リーファさん。大きな声を出して」

「何でわたしを責めるときだけちゃんと起きるのよっ」

夜は活気溢《あふ》れていた港町は、今は寝静まっていた。

大通りを進み、ひと際《きわ》大きなレンガ造りの建物の前で足を止める。

「ここよ。商会の本部」

アル商本部はどこか真新しい五階建てだった。

今、商館に明かりはない。

うん、誰もいなさそうだな。

まあこんな時間に仕事をしてる人なんていないだろう。

リーファいわく、現代の日本みたいに夜遅くまで仕事をするなんてあり得ないらしい。

そりゃあ、ずいぶんとホワイトなお仕事だな……。

……片付かない仕事、なくなる終電、片付かない仕事、気づけば明け方……会社で一泊……、う……前世のトラウマが……。

「ジンタ、どうかした？」

「悲しくてツラかった記憶がフラッシュバックしてな……」

おれは押さえたこめかみから手を離す。

あたりに誰《だれ》もいないんだけど、念のためおれたちは人目につきにくい裏手に回った。

さっさと済ませよう。

「来たのはいいけど、これからどうするの？」

「忍び込むのでしょうか？」

リーファとクイナが小首をかしげる。

「まあ、見とけって」

商館に研究資料がある。それで、今は誰もいない——。

これが、単純明快で面倒がない、一番楽な力技だ。

スキル発動させ、この建物だけを吹き飛ばせるくらいの威力にセーブ。

剣に巻きつく黒い焔《ほのお》が、赤黒い魔法陣に変わる。

「『黒　焔《ダークフィラメント》』」

放った魔撃が唸《うな》りと共に飛んでいく。

ドガァアアアン！

爆音がすると同時に商館が吹き飛んだ。

「みんな大丈夫か？」

リーファとクイナがあぜんと商館のあった場所を見つめている。

「た、建物ごと、ふ、吹き飛ばしちゃうなんて……」

「む、無茶苦茶です……。けれど、ジンタ様にしか出来ないというかなんと言いましょうか……」

「そうね……確かに、ジンタにしかこんな真似《まね》出来ない……。こんな様子じゃ、研究資料どころか色んなものが焼失するでしょうし……相変わらずとんでもないスキルね」

「ええ……ジンタ様だけ次元が違います……」

うんうん、とひーちゃんがうなずいている。

「さすがご主人様なの」

ゴウゴウ、と燃え盛る焔が瞬く間にレンガの破片を塵《ちり》に変えていく。

商館があった場所は、今はもう塵の山になっている。

これで、ラインさんの研究成果は消去した。

む。まずい。野次馬がちらほらと現れはじめた。

そそくさと立ち去り、町を出るため門を目指す。

「ジンタ様、門が閉まっています」

「ああ。大丈夫大丈夫。ぶっ壊すから」

「――いいえ、ジンタ様。それでしたら、ここはわたくしに」

クイナが風魔法を発動させる。エメラルドグリーンの長い長い風の槍《やり》が数本出来た。

あれ？　前見たときより力強いというか……。

「スカイランス！」

キィィイイン。

静かに空気を切り裂く魔法が走る。

鉄の扉にガガガガガ、と切り取り線みたいな小さな穴があく。

門兵が「君たち、何者だ！　何をしている！」と言うけど、色々調べられて、商館を吹っ飛ばしたなんてバレたら絶対に面倒なことになる。

もうここは、強行突破だ。

「――リーファ、突き破れ」

「でぇえぇいっ！」

少し助走をつけてリーファが門に飛び蹴《げ》りをする。

ドゴン、と重い音がして門に大きな穴があいた。

おれたちはそこから外へ抜け出して、町を離れる。

その間、みんなのレベルを確認すると、全員それぞれレベルがあがっていた。

種族：エルフ

名前：クイナ・リヴォフ
Lv：24
HP：3100／3100
MP：1185／1200
力　：177
知力：321
耐久：120
素早さ：90
運　：22
スキル
風魔法
鷹《たか》の目

種族：竜族（幼少）
名前：ひーちゃん
Lv：24
HP：4150／4150

ＭＰ：４３０／４３０
力　：３９０
知力：２８５
耐久：３９０
素早さ：２１０
運　：34
スキル
咆哮《ほうこう》
ブレス

種族：神族
名前：リーファ
Ｌｖ：19
ＨＰ：４２００／４２００
ＭＰ：７２３０／７２３０
力　：99
知力：５５５

耐久：68
素早さ：50
運　：11
スキル
浄化魔法　2／10
治癒魔法　7／10

ゴブリン討伐のクエストを通して成長したみたいだ。

最初からレベルが低かったってのもあって、中でも成長著《いちじる》しいのがリーファだった。

女神様の名前はダテじゃないらしい。

種族によって、各ステータスの伸び幅はそれぞれ違うようだ。

みんな、頼もしくなってる。

「ナーレ山ってのはあれでいいの？」

おれが港から見える山を指差す。

「うん。昔使われていた山道が一応あるけど、魔物も出るし港が出来てからは近づく人はいないみたい」

「あそこにひーちゃんママがいるわけか……」

クイナは悲しそうに眉《まゆ》を寄せた。

「成体の火竜《ひりゅう》を抑え込むほどの強い薬をずっと投与して……酷《ひど》いです……」

「？？」

ひーちゃんが不思議そうに首をかしげている。そういや、まだ言ってなかったっけ。

おれは山を指差した。

「ひーちゃんにはお母さんがいて、そのドラゴンがあそこに捕まってるんだ」

「ボクのおかーさんが……あそこに……？」

少し緊張したように言うと、ひーちゃんの体がピカッと光る。

っと、まぶしい。人化が解けたのか？

目を開けると、そこにはドラゴンひーちゃんがいた。

飲ませたのは一滴だけだったからか、今回は結構早かったな。

ひーちゃんに乗せてもらい、ナーレ山へ進み麓《ふもと》にやってきた。

「火竜は檻《おり》に入れられているって話だったな。居場所じゃなくて、檻を置けそうなちょうどいい場所ってある？」

訊《き》くとリーファが山を指差す。

「ええっと。中腹のあそこらへんに、ちょっとした平地があるわ。檻を置いてるとしたらそこかも」

さすがリーファマップは便利だ。

ただ、ひーちゃんママの居場所がそこかどうかはわからないんだよなあ。

たぶん、見張りもいるだろうし。

「まぁ、いっか」

「……何が『まぁ、いっか』なの？」

「ああ、ちょっとくらい無茶してもいいかなって」

「「？」」

リーファとクイナが首をかしげる。

おれは数歩だけみんなから離れ、剣を抜く。

『灰燼《アッシュ》』を発動。

剣を山にむけて振る。

ザグンッッ――――。もういっちょ、――――ザグン！

山に切れ目を入れるように二度ほど剣を振った。

「うん。なかなかいいんじゃないか？　ちょっと粗いけど」

山にでかでかと一本の切れ目が入っている。

その切れ目を通れば、リーファが指差したところまで簡単に行けるはずだ。

ポカンとリーファとクイナはまばたきを繰り返している。

「あっという間に……」

「道が出来てしまいました……」

「わたし、道案内しようと思ってはりきってたのにぃ……」

「そんなにしょぼくれるなよ。このほうが楽でいいじゃんか」

「わたくし、足をくじいたフリをしてジンタ様におぶってもらう予定でしたのに……」

「何だその計画」

「……じゃあ、わたしも足をくじくフリしようかしら……」

「じゃあってなんだ、予定に入れんなよっ。目論見《もくろみ》バレてんだよ」

明日腹痛で学校休みます、ってあらかじめ先生に言っちゃう奴《やつ》か。

「実はわたくし、おぶってもらって、おっぱいを『えいっ』と当てる予定でしたのに……」

「まじか」

「だったら、わたしもおぶってもらうと当たっちゃうわよね……そ、それは、こ、困るかもっ」

リーファ、恥ずかしそうにモジモジしてるところ悪いけど――。

「リーファさん？　それは、おっぱいがある人のセリフですよ？」

「クイナに同じく」

「あるわよっ、失礼ね！　…………あるわよ！」

「何で二回言うんだよ」

これから荒事になるかもしれないのに、ウチのメンバーはどっかゆるい。

即席の通路をおれが先頭で進む。

超楽チン。

ただ、見張りにはバレてるかもしれない。大きめの音が出たし。

通路を進んでいると、なんとなーく違和感を覚えた。
なんだろう、この感じ。ピリピリする。
「たぶん、いるわよ、火竜……」
「ええ……ベヒモスを見たとき以上の重圧を感じます……」
二人とも少し顔が強張《こわば》っている。
そんだけ、ドラゴンの成体はおっかないんだろうなあ。
道が途切れ、ちょっとした平地に出た。
奥にでかい檻がある。その中に、赤い鱗《うろこ》を持つ巨大なドラゴンがいた。
あれだ、ひーちゃんママ。
檻から離れた場所には小さなキャンプが三つ。
監視兵のキャンプかもしれない。焚火《たきび》のあともあるし。
檻の前には監視らしき傭兵《ようへい》風の男が二人いて、今は居眠りをしている。
よし、これならこっそり近づいて檻をぶっ壊せばいい。
そう思っていたら、火竜がこっちを見て檻の中で立ちあがり、
「ガァルゥウウァアアアアアアア――ッ！」
どでかい鳴き声をあげると、檻の中で暴れはじめた。
尻尾《しっぽ》や爪《つめ》、牙《きば》が檻を傷つけていくが、檻は壊れる気配を見せない。
もしかしておれたちのことを警戒してるのか？

それとも、ひーちゃんに反応……？
居眠りをしていた監視の男たちも驚いて飛び起きた。

種族：竜族
状態：麻痺《まひ》・混乱・衰弱
Ｌｖ：１２８
ＨＰ：１５００００／２５００００
ＭＰ：３６００／３６００
力　：１９００（３８００）
知力：２１００（４２００）
耐久：１７００（３４００）
素早さ：５５０（１１００）
運　：29
スキル
咆哮　ブレス　飛行　人化
流峰（飛行時、素早さ３００上昇）

逆鱗《げきりん》（残ＨＰ30％以下のとき、力・知力・耐久・素早さ50％上昇）

さすがに強いな……成長し切ったドラゴンってのは。

って、なんだ、この異常状態。

そうか。薬使いまくって抑えつけてるって――。

ラインさんは麻酔剤って言っていたけど、捕まってもうずいぶんと経《た》つ。

薬の過剰投与による副作用が出はじめているんだ。

早く出してあげないと。

ダダダとおれの脇をひーちゃんがすり抜けていった。

はじめて見る同族で母親で――しかも弱っている。

「がる――っ！」

ひーちゃんが駆けよるのを止めることなんて出来なかった。

「ガルァアアアアアアアアアア――ッ」

吠《ほ》えると同時に、火竜の口内に巨大な炎が溜《た》まっていく。

おいおいおいおいおいおいおいおい――何するつもりだ！

「がる！　がう、がるう！」

ひーちゃんが何かを訴えてるけど全然届いていない！

火竜の胸元《むなもと》がぶくっと膨らむ。

絶賛混乱中かよ、クソ――――ッ！

「ひーちゃん、さがれ！」

おれが言った瞬間、火竜がブレスを吐き出す。

「『黒焔《ダークフィラメント》』！」

即スキルを発動させ剣を振りおろす。

ブレスに焔弾《えんだん》をぶつけると、爆音と同時にブレスは相殺《そうさい》され跡形もなく消えた。

爆風に吹き飛ばされそうになるけど、どうにか堪《た》えた。

ひーちゃんは無事みたいだけど、火竜に何かを話しかけている。

リーファとクイナもこっちにやってきた。

「ひーちゃんママどうしちゃったの⁉」

「麻痺、混乱、衰弱の異常状態だ。たぶん、今自分が何をしたかわかってないんじゃないか？」

まだひーちゃんは必死に何か話しかけている。

リーファが祈りの言葉を紡《つむ》ぎ浄化スキルを発動させる。

「『リカバリ』」

白い魔法が飛んでいくが、檻を通ることはなかった。

「火竜のブレスにびくともしないことから、抗魔力の高い鉄で檻が作られているようです」

「ブレス級の威力がないと貫通しないってことか……」

「おい何だテメェら!?　何モンだ――ッ！」

監視兵二人どころではなく、さらに数人の仲間がキャンプから出てきていた。

たぶん、シリアスなこの場面でポ○モンとか言ってボケると怒るんだろうなぁ。

あ、○ケモンてこの世界の人に言ってもわかんねーか。

「ジンタ様とわたくしは、そこの火竜を解放するためにやってきた正義の夫婦です！」

「わたしとひーちゃんも入れてよっ。そんでもって夫婦じゃないからっ」

「アァン？」

「オん？」

「んだコラぁあ」

とか言いながらガンを飛ばしてくる傭兵風の男たち。

傭兵ってか、威嚇《いかく》の仕方、ほぼヤンキーだ。

「がぁあっ！」

ひーちゃんが男たちにむかって吠える。

「「「うぉおおおっどどどどど、ドラゴンっ!?　ん、ん、んだコラぁあっ……」」」

「ビビってんのにそれ隠そうとして威嚇してるっ！　けど超腰引けてる。しかも全員っ！　ぶははっ」

あ、やべ、笑っちまった。

ヤンキー風傭兵はざざざざ、とひーちゃんから距離を取っている。

「ひーちゃん、よその人にむかって吠えちゃダメだろ？」

「がるう……」

しょんぼり頭《こうべ》を垂れるひーちゃん。

「こ、この男、ど、ドラゴンに言うことを聞かせてる、だと……⁉」

「あ、あり得ねえっ」

「だ、だ、だが、今叱られたドラゴンが、しょぼんとしたぞ⁉」

「お、おい、テメエ、ナニモンだコラぁあっ⁉」

何者とか言われても……。

「最低ランクの駆けだし冒険者ですけど」

「「「ウソつけぇえええええええっコラぁあ――――ッ！」」」

「あれ。デジャヴ？　どっかで似たようなことを言われたような……」

まいいや、こいつらをとりあえず片付けよう。

傭兵たちの奥には、口ひげが似合うダンディなおっさんがいた。

その隣にはフードを目深《まぶか》にかぶった全身ローブのやつがいる。手には鞭《むち》があった。

あくびをしながら口ひげのおっさんが言う。

「帰るのが面倒だから泊まってみれば。何ですこの騒ぎは。大方火竜を奪いにやってきた他商会のネズミといったところでしょうか。……メルデス殿、この火竜にまだ従属魔法は効かないので？　いい加減このアッチェロも、痺《しび》れが切れてきましたぞ？」

アッチェロ――。

ラインさんを閉じ込めて薬を作らせていたっていうあいつか。

「ナニ余所見《よそみ》してんだオラァアッ！」

繰り出された傭兵の剣。

おっと――！　…………あれ、遅っっっ⁉⁉⁉

何これ、あくび出る‼

「へっ、くしょん！」

くしゃみが出た！　唾が傭兵に全部かかった！　ごめんなさい！

シュ、と鼻先を剣が通り過ぎる。

一歩踏み込み顔面を手で摑《つか》み、地面に叩《たた》きつけた。

あまり離れ過ぎると、二人が囲まれちまう。

クイナは風の矢を放ち続け、ほんの隙《すき》を突いて迫った男は「でいっ！」とリーファが杖《つえ》で殴り倒している。

あの二人、コンビとして動くと結構良いのかもしれない。

おれは迫ってきた傭兵をまた叩き伏せた。

従属魔法ってさっきアッチェロは言った。

てことは、火竜を使役するためにずっとここに閉じ込めていたのか。

「雇った白狼《はくろう》団が多大な犠牲を出しながら、どうにか捕獲したのですよメルデス殿。麻酔剤のお陰半分、私の苦労のお陰半分です。聞いています、私の話？　とっととこのドラゴンを使役してもらいたいもんですがねえ。一体いつまで時間をかけるのやら」

隣の全身ローブはアッチェロの嫌みをガン無視している。

横から雄たけびが聞こえ、突進してきた傭兵をかわした。

リーファもクイナも肩で息をしながら戦っている。

「アッチェロさん――」

正面方向からゴロツキのような武装した男が、息を切らしながらやってきた。

「テイラダじゃないですか、何です何です、ドタバタと……」

「商館が凄《すさ》まじい魔法で吹っ飛ばされてその報告に来たんです。一番近くにいる上司って、アッチェロさんくらいで」

「はあ？　吹っ飛ばされた？　商館が？」

「あっ。あいつです――あの男が、本部を吹っ飛ばしたんです！　オレ見てたんす」

「見ていたかどうかは別にいいのです。言っている意味がわからないのですが」

「だから、あいつがおかしな魔法を使いやがって、それで、商館が吹き飛んだんです。もう今は塵も残ってなくて――」

「嘘《うそ》おっしゃい」

「いやいやいやいやいやいやいやいや、これマジなんですってば！」

なんか、おれのことが話題になっているっぽい。

戦闘の合間を見つけて、スキルを発動させる。

「『黒焔《ダークフィラメント》』」

ぽい、と適当に遠く離れた山めがけて魔法を撃つ。

バゴォオオオオオオオン！

山が三分の一くらい削れた。

おれの仲間以外の全員が、悲鳴をあげて腰を抜かした。

「「「――ぎゃぁあああああああああああああああ!?」」」

ざざざざ、と敵さんたちはおれから距離を取り、アッチェロの後ろに逃げる。

「あ――。あなた！」

腰抜かし＆チビって股間を濡《ぬ》らしたアッチェロが立ちあがる。

カクカクカク。ガクガクガク――。

膝《ひざ》笑い過ぎだろ。生まれたての小鹿《こじか》か。

「『ガチャ荒らしのジンタ』じゃないですか！　良い景品ばかり当てて、挙句《あげく》に店員をいいようにビクンビクンさせてるという――」

「どういう伝わり方してんだ」

「捜索クエストを受けた冒険者がいたと先日――その名前も確かジンタと……。フフ、あなた、クエストを放棄してさらにその依頼主のところにやってきて、そのおかしな魔法で商館を吹き飛ばすだなんて――」

「情報早いな」

「冒険者ギルドにこのことを報告すれば、もう冒険者としては生きていくことは出来ませんねえ――フフ」

「……なあ。それが、おまえの遺言でいいか？」

「…………はい？？」

「間違えた。おまえらの遺言、それでいいか？」

おれは切っ先をアッチェロたちにむけ、スキルを発動させる。

「「「――はひぃっ!?」」」

全員が一斉に泣き出しそうな顔をする。

アッチェロの隣にいたテイラダという男が立ちあがってきれいに頭をさげた。

「ア、アッチェロさんが、し、失礼しましたっ!!」

「ちょっとあなた、何を勝手に謝って――」

「謝ってください、てか謝れ！　あの人の気分害すと、オレら塵になるんすよ、わかります!?　マジでピンチなんすよ今！」

他《ほか》の男たちがアッチェロの頭を強引《ごういん》にさげさせた。

「「「アッチェロが、マジすんませんした！」」」

そのまま速やかに土下座へ移行。

撃つ気なんてさらさらなかったんだけど、効果絶大だな。

「まあ、そこまで頭さげるんなら、おれだって別に鬼じゃねえから見逃してやってもいいぞ？」

「「「あざますッッ!!」」」

「けどまあ、今回の件が冒険者ギルドに伝わったときは……わかるな?」

「「「わかりました!　オレらは今日、何も見てません聞いてません!」」」

傭兵たちはずっとこんな調子だ。よし、こっちはこれで片付いた。

リーファとクイナは大きく息をついて背中合わせで座り込んだ。

「がるう……」

ひーちゃんが駆けよってくる。

お母さんの様子がアレだからか、元気がない。首を抱いて頭を撫《な》でてあげる。

「よしよし。大丈夫。お母さん、今から助けるから」

スキルを発動させ檻に近寄ると、火竜がおれを警戒するように吠えた。

……確かに、赤い目は焦点が合ってないような気がする。

おれのほうを見ているのに、違う場所を見ているような。

「『灰燼《アッシュ》』――!」

火竜に当たらないように注意して剣を振る。

特別製らしき鉄檻はあっさり斬り飛ばせた。

火竜が檻からゆっくり出てくる。

口からはときどき炎を吐きだしていた。

それを見て、リーファが浄化スキルの準備をはじめた。

そのとき。

太く長い尻尾が振られるのがわかった。

「まずい――リーファとクイナが」

呼ぶ前にひーちゃんが駆けつけおれはその背に乗った。低い姿勢で疾駆する。

「リーファ、クイナ!」

「ジンタ!」「ジンタ様!」

両手を伸ばすと、それぞれリーファとクイナの腕を摑み、そのまま引きあげた。

ゴオ、と振り抜かれた尻尾の凄まじい風圧が背中に当たる。

リーファとクイナのいたところは、ちょうど尻尾が通り過ぎたところだった。

「グルァアアアアアア――ッ!」

火竜が吠える。

今度はブレスか。震えあがっているアッチェロや傭兵たちに吹きつけるつもりらしい。

「おい! 死にたくないならここから離れろ!」

おれの声に我に返った傭兵団の面々が悲鳴をあげる。

同時にブレスが放射された。

おれはひーちゃんから飛び降り【黒焔《ダークフィラメント》】を放ち、ブレスにぶつける。

爆音と同時に熱風が吹きつけた。

今回も上手《うま》く相殺できたようだ。

「「「ジンタさぁあああん、あざますぅっ！」」」

人生終わった、と思っていたのか、傭兵たちはボロ泣きでお礼を言っている。

「そんなことはいいから、さっさと逃げろ！」

それはいいんだけど——。

「ガルァアア、グラァアアアア!!」

火竜が怒りを滲《にじ》ませながら、こっちを睨《にら》みつけていた。

「リーファ、浄化スキルって離れてても使える？」

「数メートルくらいならいいけど、それ以上はたぶん、届かない」

スキル発動までに少し時間がかかる。しかも火竜の近距離で——？

広範囲の強力なブレスと尻尾や爪での攻撃があるんだ。

それに巻き込まれればリーファの耐久、ＨＰじゃ持たない。

「要するに……おれが大人しくさせればいいんだな。リーファの仕事は最後の最後の仕上げのときだ」

「うん」

「クイナ、それまでリーファを頼む」

「わかりました」

ひーちゃんが二人を乗せて離れていく。

おれは改めて火竜と対峙《たいじ》した。

キングゴブリンと同じかそれよりも大きい。

大人しくさせる、てなると、近づいて頭をぶん殴るくらいしか思い浮かばない。

火竜が低く唸り、大木みたいな爪を振ってくる。

ステップを踏んで回避した。

続いて放たれたブレスも【灰燼《アッシュ》】で斬り裂く。

広範囲のブレスと尻尾。上に左右に振られる両手の爪。攻撃はこの三パターン。

怪我《けが》は出来るだけさせたくない。

麻痺させる魔法かなんかあれば良かったんだけど、強すぎる能力ってのも考えもんだな。

ひーちゃんママじゃなけりゃ、今頃《いまごろ》塵なのに。

せめて足があれば――。

「がる――ッ」

ひーちゃんがこっちにむかって走ってくる。

おれは躊躇《ちゅうちょ》せず飛び乗った。

「がう！」

「一緒に助けよう」

ダダダダダ、と思った通りの方向へひーちゃんが疾走する。

降ってくる大きな爪を俊敏に回避。

ォオオンと重い音をあげた尻尾。

「がるぁ！」

ひーちゃんが翼を動かし跳躍する。
敏捷性《びんしょう》ではこっちのが上なんだ。
それなら——一気に行くぞ——！
態勢を低くし、一直線に突っ走る。火竜の頭が空をむき胸元が膨らんだ。
「ガルァアアアアアアアアアア——ッ」
ブレスだ。
おれが【灰燼《アッシュ》】を発動させると同時だった。
「がぁあああああ——ッ！」
ひーちゃんが幼い声で吠え、こちらもブレスを放った。
ドラゴンのブレスとブレスが激突。
ドガァン！
小さな爆発を起こしたが、勢いもパワーも火竜のほうが段違いに上だった。
けど、ひーちゃんの足でその場を離れるには十分のタメを作った。
それ以上に良い目くらましだ。
おれたちは火竜へ迫る。
煩《わずら》わしそうに火竜が一度吠えた。
ブゥン、という鈍い音がした次の瞬間、風圧が襲った。
ブウン。

鈍かった音は、すぐに軽《かろ》やかな音に変わる。
バサリ、バサリ――。
風がやんで、ようやくおれが正面を見ると火竜はそこにいなかった。
バサリ、バサリ――。
音に空を見あげる。
火竜は翼をはためかせながら、こちらを見おろしていた。
「ガゥウウウゥァアアアアア――」
そういやそうだった。飛行スキルあるんだった。
翼を広げたと思いきや、こっちに滑空してくる。
爪を回避し、さらに牙からも逃げ切る。
ついでとばかりにブレスも吐きやがる。
それは【灰燼《アッシュ》】で切ったけど、こう攻撃を連発されると反撃できねえ。
って、もう空にいんのかよ。
華麗なヒットアンドアウェイだこと。
あ、いや、ヒットはしてないけど。
「がる、がる！」
興奮気味にフシーと鼻息を吐いてひーちゃんが山を駆けおりる。
「おいおいおい、どうしたんだよ。敵は上だぞ！」

「がうっ」

わかってるの、とでも言いたげだ。

じゃ、なんで――？

さらに、さらにさらにさらに、加速していく。

――突っ走る先には崖がある。

「がるぅううううう――っ！」

あ……もしかして――？

種族：竜族（幼少）
名前：ひーちゃん
Lv：27
HP：4510／4880
MP：135／455
力　：410
知力：320
耐久：400
素早さ：250

運　：35
スキル
咆哮
ブレス
飛行　【↑NEW】

飛行スキル！
今回の戦闘でレベルがあがって覚えたのか。
小さく吠えるとひーちゃんが地面を蹴り、まだ小さい翼を羽ばたかせる。
ふわっと一瞬の浮遊感があった。
直後、ゴォォ、と耳元で風が激しく鳴る。
そのときにはもう地上をはるかに離れていて、目の前には火竜がいた。
これなら戦える。
【灰燼《アッシュ》】を発動させたまま、剣を横に構える。
ひーちゃんのブレスが空を焦《こ》がす。
けどそれは、火竜が翼を動かし強風を巻き起こすとかき消されてしまった。
やっぱ、ひーちゃんと火竜じゃ勝負にならない。

「がる。がるう」

何を言っているかさっぱりわからんぞ、ひーちゃん。

「……。わかった！　死角に回り込んで一撃だな」

適当に言ってみた。

「があ♪」

あ。当たってた。

そんなことをしている間に、むこうもブレスを放射した。

ギュン、とひーちゃんが一気に降下。攻撃を回避する。

ガァアアン！　と爆音がして振り返ると、山に直撃し小規模な火災を起こしていた。

リーファやクイナのいる付近だったけど、二人が無事なのはここからでもわかった。

おれたちの上空には火竜がいて、ちょうど腹が見える位置に今いる。

種族：人間
名前：風見仁太
Ｌｖ：40
ＨＰ：８４００／８４００
ＭＰ：２８００／３７５０

力　：２５５０
知力：１８３０
耐久：２９０
素早さ：２００
運　：９９９９９
スキル
【黒　焔《ダークフィラメント》】８／10
【灰燼《アッシュ》】９／10

こっちの攻撃力は、むこうの耐久を上回ってる。
けどスキル自体の威力もある。
さすがに手加減しないとどうなるかわからない。
おれは【黒　焔《ダークフィラメント》】を発動させる。
セーブしてセーブして、セーブして、魔法を撃つ。
ドゴォゥウン、と【黒　焔《ダークフィラメント》】が直撃。
黒煙を巻きつけた火竜はグラッとバランスを崩す。

セーブしまくったけど、十分効いているみたいだ。

ふらふらしながらも、高度をさげて追いかけてきた。

速度はそれでもこっちより速い。

対ブレス用に【黒焔《ダークフィラメント》】を撃つ準備をしていたけど、吹きつける気配がない。

――それなら。

「【黒焔《ダークフィラメント》】！」

さっきと同じ量のMPを消費し、魔法を撃つ。

回避しようとした火竜の左翼に魔弾が命中した。

「ガルァアアゥウアアア――ッ⁉」

二発目の命中弾もやっぱりダメージになっている。HPも減っている。

……でも絶対にゼロにしちゃだめだ。【逆鱗】ってスキルもある。

早く大人しくさせないと。

火竜の速度が落ちると同時に、こっちの速度もさがりはじめた。

「がる……、がるう……ッ」

まだ慣れない飛行に、ひーちゃんがバテはじめている。

「もうちょっとだ、ひーちゃん。頑張れ」

首を撫でて励ます。火竜がじわじわと距離を詰めてきていた。

……。

イチかバチかやってみるか。

おれは剣を鞘《さや》にしまって、ひーちゃんからジャンプした。

コンマ一秒もあれば、火竜はおれだけに追いつく。

乗っていたひーちゃんはもうはるか遠く。

「がうっ――!?」

慌《あわ》てた声が後ろで聞こえるのと同時に、予想外の行動に驚く火竜の顔が正面にきた。

「――ッ!?」

歯ぁ、食い縛れよ！

おれは剣を上段に振りかぶり――。

「――っらぁあああああああああああああッッ!!」

全力で頭に振りおろした。

ゴォォォオオン――、
赤かった瞳《ひとみ》が白目をむく。グラッと巨体がかたむき地上へ落ちていく。

当然……おれも落ちていく。

「がる――！」

ひーちゃんが急旋回しこっちに戻ってきた。

落下していくおれは、またひーちゃんの背中に帰ってきた。

「ありがとう、助かった」

「がるう！」

ズシィイン、と地響きがして下を見れば、火竜が落ちたところだった。

ビクともしないけど、ＨＰもちゃんと残っているし、どうやら気絶しているだけらしい。

「よし。次はリーファの出番だ」

へろへろだったひーちゃんも徐々に高度をさげていき、ゆっくり着地した。

もう一歩も動けないのか、ひーちゃんはへたり込んでしまった。

昨日からの長距離移動に、今回の空中戦のドンパチ。

相当疲れただろう。

「ジンタ！」

リーファとクイナがこちらに駆けつけた。

「浄化を頼む。今、気絶しているみたいだから」

「うん――」

祈りの言葉を紡ぎはじめたとき、クイナが長い耳をピクリと動かした。

「ジンタ様、何か聞こえませんか？」

「何かって、何……？」

「がるッ！　がるッ！」

ひーちゃんも何か吠えている。リーファも言葉を止めて耳を澄ました。

ゴ――、と小さな音がして。

足元に石がいくつも転がってきた。
ゴ、ゴ、ゴ――ゴゴゴゴ……ッ！
地響きと共に今度は岩が上から転がってくる。
土が、樹《き》が、巨大な岩石が、土砂《どしゃ》が、津波みたいにこっちにむかってきていた。
「うそ……土砂崩れ――」
リーファが青い顔でつぶやく。
このままここにいたら呑《の》まれちまう。
「――早くこの場を脱出しましょう」
クイナの提案におれは首を振った。
気絶している火竜だって当然ここを動けない。
たぶん、土砂崩れは火竜のブレスが山に当たったせいだろう。
下のほうから悲鳴が聞こえた。
……なんだよ、傭兵のやつらまだ山をおりてなかったのか。
発動させた【灰燼《アッシュ》】で転げ落ちてきた岩石を粉砕する。
地震みたいな揺れが起きる。土砂が波みたいに迫ってくる。
「みんな、ちょっと下がってろ」
おれの後ろにはみんながいるんだ。
土砂崩れ相手に手加減して、力が足りませんでした、じゃシャレにならない。

全力で撃つぞ――。

残ＭＰをすべて注《そそ》ぐ。

剣を構えると、足元に赤黒い魔法陣が広がった。

バヂ、バヂ、と黒い雷がおれの周囲で爆《は》ぜる。

ずしんと体が重くなって、頭の中で何かが聞こえた。


――踏ミ　躙《にじ》レ　其《そ》ハ　破壊ヲ　司《つかさど》リシ　者ナリ

何だこの声。

るせえよ、とりあえず黙れ。厨二《ちゅうに》かおまえ。てか、『おまえ』って誰だ。まあ何でもいいや。

ベヒモスを倒したときとは比べ物にならないくらい、ＭＰを込めた。

剣が黒く輝いて、真っ黒な焔が刀身で揺れる。

それが剣を中心にお馴染《なじ》みの魔法陣に変わった。

巨木も岩石も何もかもが雪崩《なだ》れてくるのが見える。

一歩を踏み出すと足元の地面が割れ、周囲に衝撃波が走った。

おれを中心に黒風の激しい波紋が広がる。風が逆巻き砂や石が舞った。

「【黒　焔《ダークフィラメント》】――ッ！」

掲げた魔焔剣《レーヴァテイン》を振り抜く。

同時に黒い閃光《せんこう》が景色を塗り潰《つぶ》す。

おれが放った魔法は、轟音《ごうおん》をあげて土砂に衝突する。

爆音と共に土煙が巻き起こった。

それが晴れていくと、山がごっそり消失していた。

中腹くらいにいたのに、おれたちのいる場所が頂上になっていた。

「や、山が……なくなってる……」

「わたくし、夢か何かを見ているのでしょうか……それともこれは何かの手品……？」

ぱちくりまばたきしながら、二人は顔を見合わせている。

おかしな声はもう聞こえない。

なんかの空耳か幻聴だったのか……？

しっかし疲れたなぁ。ＭＰ全部使うとこんなに体がダルいのか。

「山のことは、まあ、置いておいて。リーファ、浄化を頼む」

「あ、うん」

リーファが浄化スキルを発動させる。白い魔法が飛んでいき火竜全体を包んだ。

ステータスを確認すると、麻痺も混乱も衰弱もなくなっていた。

さらに治癒魔法でリーファは火竜のＨＰを回復させる。ついでにひーちゃんのも。

火竜が目覚めたら、そのときは――。

「ひーちゃん、空を飛べるようになったのね……」

「がうぅ」

ひーちゃんの頭を撫でてリーファは背をむけた。目元をこすっているのがわかる。

………。

おれがこれからどうするのかわかっているらしい。

だから、泣くなよ、とは言えなかった。

「よく頑張りましたね、ひーちゃんさん」

青い瞳の中にいっぱい涙を溜めてクイナは笑う。

「がう！　……？」

クイナの様子もおかしいことにひーちゃんは気づいたようだ。

むく、と火竜が頭をあげた。

おれたちのほうを見る目も、焦点がきちっと合っているし、とても穏やかだった。

「がるう！　がるう！」

ひーちゃんが何かを言うと、じっと見て硬直する火竜。

「ガウ」

それから、頭を寄せひーちゃんを二度舐《な》めた。

ひーちゃんはよくおれを舐めてきた。

あれが親愛の情か何かを表しているんなら、きっと、火竜も目の前の仔《こ》ドラゴンが誰なのかわかったんだろう。

ひーちゃんと火竜は、おれたちにわからない言葉を交わす。

ぐすぐす、とリーファが泣き出した。

「ひーちゃん、良かったわね？」

「ああ」

堪《こら》え切れなくなって、小さく声をあげてリーファはまたさらに泣く。

そっと抱き寄せると、涙声で訊いてきた。

「……言ったの？　ひーちゃんに」

「いや。まだ。これから」

ピカリと火竜の体が光った。

光が収まるとそこには、火竜の巨体はなく、赤い長髪の美人がいた。

瞳はやっぱり赤くて、身につけているドレスは優雅だった。

立派な尻尾と翼、鋭い爪と牙がある。竜の国の女王様みたいだった。

ペコリ、と彼女はおれに頭をさげた。

「我が子の面倒を見ていただき、ありがとうございました。それに、今回の私の不始末も……なんとお礼を言ってよいものか……」

「頭をあげてください。おれたちも、この子に助けられてきました。面倒だなんて思ったことないですよ」

頭をあげてひーちゃんママは微笑《ほほえ》んだ。

「冒険者だそうですね。あの子が、とても楽しそうに教えてくれました。人間なのに、子供とは言え竜族を従える器量、本当に素晴らしい方に面倒を見ていただけてよかったです」

がる、がる。とひーちゃんはうなずいている。

「そんなことないです。……おれたちのために、頑張ってくれる、良い子でした……」

あれ。声が震える……。

「……だから……、だからあとは、お願いします。――お母さんと一緒なのが一番ですから」

「がる……？　がる？　がるぅ」

ひーちゃんが、おれを見て何か言っている。

でもこれは、出会ったときから決めていた。

リーファもそれを覚えていた。

『せっかくだし、お母さん見つかるまで飼うか』

おれがどうするか察していたんだろう。クイナが小さく嗚咽《おえつ》する。

クイナまで、泣くなよ……。

おれまで涙、出てくるだろうが……。

「ひーちゃん、だから、おれたちとは、ここで――」

「がうっ、がううっ……」

ぷるぷるとひーちゃんが首を振る。

顎を地面につけて、ちょっとだけ大きくなった翼をぱたぱたと動かす。

心服の動きを見て、おれはゆっくり首を振った。

どんな母親かと思ったけど、ちゃんとした母竜《ははりゅう》だった。

おれたちはひーちゃんの仲間だけど、ひーちゃんの親にはなれないから。

この人なら、安心して任せられる。

だから、おれがここで甘い顔をしちゃいけないんだ。

リーファとクイナが別れの言葉を口にする。

「が……がう……」

しょんぼりした声を出すひーちゃんが、ぽろぽろと泣きはじめた。

お母さんと目が合って、おれはうなずいた。

ピカリとまた体が光って、火竜に戻る。

ひーちゃんをくわえて背に乗せた。

「ひーちゃん、お母さんみたいな立派なドラゴンになるんだぞ?」

火竜の目を見て、おれはもう一度うなずく。

ばさり、ばさりと翼を羽ばたかせ、火竜が地上を離れていく。

「じゃあなぁあ!　ひーちゃん!」

「がる。がるぁあああああぁあああああっ、がうああああああああ――っ」

幼い火竜の声が空に響いた。

「……何、言ってるのか、わかんねえよ……」

やっぱり、ドラゴン語は理解出来なかった。

涙をぬぐったクイナがおれをそっと抱きしめる。

「……よく、我慢なさいましたね」

これ以上は、もう堪え切れなかった。

決めていたことなのに、やっぱり別れは悲しい。

おれが泣くとリーファもまた泣いた。つられて、クイナもまた泣いた。

おれたち三人は、そうやってしばらく子供みたいに泣いていた。

エピローグ

それから、おれたちは家に帰り一週間ほどぼんやりと過ごした。

リーファやクイナは掃除をしたり料理をしたり、家事にいそしんでいる。

おれはというと、町で買い揃《そろ》えた釣具《つりぐ》を使って毎日湖で釣りをしていた。

「釣れねえな……」

魚影《ぎょえい》は見えるから魚はいるのはいるんだろうけど、釣果《ちょうか》はさっぱりだ。

おれが帰ろうとすると、ビュウウンと強風が突然吹き荒れた。

「？」

おれがゆっくり振り返ると、熊《くま》のふた回りは大きなトカゲがいた。

でも、背中には翼が生えていた。

真《ま》っ赤《か》な瞳《ひとみ》に、朱色《しゅいろ》の鱗《うろこ》。

バサバサ、と少しだけ立派になった翼を動かしてゆっくりと着地する。

「がうっ！」

トカゲじゃなくて、ドラゴンだった。

おれがよく知っている、ドラゴンだった。

「がぁあ」

ちょっと得意そうに鳴くと、ドラゴンの体がピカリと光った。

次の瞬間に、大きな体は、小さな小さな女の子のものへと変わる。

種族：竜族（幼少）
名前：ひーちゃん
Lv：41
HP：6310／6310
MP：760／760
力　：480
知力：390
耐久：450
素早さ：280
運　：35

スキル
咆哮《ほうこう》

ブレス
飛行
人化

「人化——」

「おかーさんが、一緒にいたいのなら、おぼえないと、ダメだって。だからボク、がんばっておぼえたの」

「何で——、どうしてここに……?」

声が詰まって先が続かない。そのかわり、視界が涙で滲《にじ》んだ。

「ご主人……様が、っ、ボクの家でも、あるって……」

ひーちゃんはのどをしゃくらせ、ぽろぽろと大粒の涙を流した。

『ボクも？　ボクの家でもあるの？』

『うん、ひーちゃんの家でもあるぞ』

「だから——帰って、きたの」

「……だ、ダメだろ、お、お母さんと一緒に、いなきゃ……」

「がう」

「おれやリーファやクイナは、ひーちゃんの親には、なれないから」

でも、仲間だ――。

一緒にご飯を食べて、一緒に眠って、一緒に戦った、仲間だ。

もっと厳しく言わないとダメなのかもしれない。

ここで甘い顔をしちゃいけないのかもしれない。

「わかってるの……それでも、帰ってきたかったの」

今回は堪《こら》え切れそうになかった。

「………っ」

ひーちゃんは鼻をすすって、ごしごしと小さな手で涙をぬぐう。

それは、おれも一緒だった。

「ボ、は、ド、っ、ゴン、だけど――」

途切れ途切れになりながら、また、ぽろぽろと泣きながら、ひーちゃんは叫んだ。

「ボクは、ドラゴンだけど、ご主人様と一緒にいても、いいですか――？」

「――うん……」

「ふ、う、ああ、――ふわぁああああああああああん、ごしゅじんさまぁあああぁ――」

てててて、と駆けてくる小さな体を抱き止める。

帰りが遅いから、リーファが様子を見に家から出てきた。

おれたちを見て、クイナを呼んだ。

クイナが出てくると、二人は泣きながら駆けよってきて、おれたちを抱きしめた。

「ひーちゃんさん、お帰りなさい」

「がう」

「ひーぢぁん、がえってきだぁぁ……あぁあ、ふああん……」

「リーファが一番泣いてるの……」

「もう……放っておいてよ……」

その言葉に、おれたちはくすりと笑った。

話を聞くと、どうやらひーちゃんママは相当スパルタにひーちゃんをレベリングしたらしい。

そのお陰で、一週間くらいで人化を覚えられたのだとか。

「おかーさん、たまに顔を見せてくれればそれでいいって、言っていたの。それと、ご主人様のこと褒めていたの。たった一人で立ち向かったニンゲンはご主人様がはじめてだって」

「そいつは、どうも」

「だ、だから……可愛《かわい》がってもらって、卵を、う、産めるようになりなさいって」

「タマゴ?」

「がう……」

恥ずかしそうにうつむくひーちゃん。おれの後ろに回って飛びついた。

クイナとリーファがじろーとこっちを見てくる。

「リーファさん、今一瞬、ひーちゃんさんがメスの顔をしました」

「はい、わたしもそう思います、実況のクイナさん。ロリコン疑惑のあるジンタ選手です、これは、あまり良くない状況と言えますね」

「なにバカなこと言ってんだ。てか、おれはロリコンじゃねえ」

おれたちは家へと歩き出す。

背中にくっつくひーちゃんがぺろぺろとおれのほっぺを舐《な》める。

「だから、くすぐったいからやめろってば」

「ずぅっと一緒なの」

「わたくしもですからね、ジンタ様」

笑顔で言って、クイナが腕を絡めた。

チラッとこっちを見たリーファもおれの手をそっと握った。

こうして、おれたちは、また四人に戻った。

書き下ろし短編　素人冒険者とガチャ荒らし

「【ＳＲ　魔銀剣《ミスリルソード》】が当たれば……僕、あの子に告白《こくはく》するんだ……！」

壮大なフラグをおっ立てて、おれの前に並んでいた青年冒険者がガチャボの前へ行く。

「……ダメそうね、あの人」

一緒に並んでいたリーファがぽつりとこぼす。

うん、リーファに言われちゃおしまいだ。

今日は、みんながやりたいと言って聞かないのでガチャ屋に久しぶりにやってきた。

けど、いつものごとく惨敗したクイナは店外で膝《ひざ》を抱えて丸くなっている。

ひーちゃんがクイナの頭を撫《な》で、

「ボクが仇《かたき》を討つの……！」

とまあ、意気込んだのはいいけど、ひーちゃんもゴミアイテムしか当てられず、クイナの隣で膝を抱えて丸くなる結果に。

「ダメねえ、二人とも。見てなさいっ、わたしが見事、特賞を当ててみせるんだから！　――並びましょう、ジンタ」

と、そんなやりとりがあって今こうして並んでいるのだ。

ガチャをする青年は、並々ならぬ気配を背から滲《にじ》ませている。

相当このガチャに懸けてるんだろうな。

懸けているっていうか賭《か》けているっていうか。

「おい、あいつ、【ガチャ荒らし】じゃないのか？」

「本当だ。人相書きソックリだ」

お客さんの視線がこっちに飛んでくる。

店員も目の前の客じゃなくておれを警戒して、こっちを見て耳打ちしたりうなずき合ったりしている。

やりにくいなぁ、警戒されてるってのは。

青年が「くぅぅ……ッ」と声を漏《も》らして天井《てんじょう》を見あげた。

あー、やっぱダメだったぽい。

「わたしの番ね。すごいの当ててくるんだから、見てなさい！」

ふふん、と根拠のない自信で満ちた笑顔を見せるリーファ。

ふぁさぁ、と金髪をなびかせてガチャボの前に行く。

どいつもこいつも、フラグを立てずにはいられない病気なんだろうか。

「あの！　君が噂《うわさ》の【ガチャ荒らし】さん？」

さっきの青年がおれのところへやってきた。

「はい、そんなふうに呼ばれているみたいです」

「僕はマイル。君にお願いがある！　一生に一度のお願いだっ！」

「はあ、何です？」

一生に一度って言われてもその信ぴょう性は限りなくゼロだ。

逆に胡散《うさん》臭く感じるのはおれの性格が曲がっているせいなのか。

「僕の代わりにガチャをして【ＳＲ　魔銀剣《ミスリルソード》】を当てて欲しいんだ！」

「あぁ、今回の特賞の……」

ふむ。別におれは欲しいアイテムがあったわけじゃない。

たぶん、それはリーファやクイナも同じで、ガチャで当てたいっていう手段が目的になっている状態だ。

「今は手元に二〇〇〇リンしかないが……どうにかこれで……。お礼はもちろんするから」

代打ちならぬ、代ガチャってことか。

「いいですよ。お礼は別に要りません。ただ、ガチャさせてくれるだけでいいんで」

「ああ、ありがとう！」

マイルさんはぎゅっとおれの手を握り、二〇〇〇リンを預けた。

一応、百発百中じゃないことや、違うアイテムが当たる可能性を説明しておいた。

過去のガチャ歴からして、今のところ特賞率は一〇〇％。

でも、今回もそうとは限らない。

「僕が二回ガチャするよりマシだから」

マイルさんはぐっと親指を立てて爽《さわ》やかに笑う。

もしかして、おれ、この『代ガチャ』で商売出来るんじゃね？

そんなに小銭が欲しいわけじゃないから、やらないけど。

リーファがおれを振り返る。

「ジンタぁ～、ダメだったぁ……」

涙目で唇はぷるぷる震えていた。

案の定、見事にフラグ回収してきやがった。

「リーファ、さがってろ。おれがやる――」

おれはキメ顔でそう言って、リーファの肩を叩《たた》く。

一歩踏み出すと店員が声をあげた。

「――『ガチャ荒らし』、来ます！」

「総員第一種戦闘配備！　急げ！　これは演習ではない！　繰り返す――これは演習ではないッ！」

『テステス、テステス、あーあー。……当店は、これより『ガチャ荒らし』迎撃システムを稼働させます。システム変更につき、一般のお客様は遊戯の手を一時止め、おさがりくださいませ。繰り返します――』

おれは店員にお金を渡す。

「ガチャ一回、お願いします」

「ま、また一回、だと……⁉　く……舐《な》めるなッ【ガチャ荒らし】ぃいいいいいいいッ‼　うぉおおおおおおお客様ぁああああガチャボの前へお進みくださいぃいいいいいいいいいい！」

やたらハイテンションな店員だった。

「行っくぜぇえええええええええええええええ！」

おれもそのノリに乗ってみた。

五分後——。

ガチャ屋の様々な小細工《こざいく》やイカサマまがいの行為——あれがたぶん変更したシステムだったんだろう——を粉砕したおれは、特賞の【ＳＲ　魔銀剣《ミスリルソード》】を当てた。

アイテムを受け取り、死屍累々《ししるいるい》、店員が這《は》いつくばるガチャ屋を後にしてマイルさんと合流した。

「ありがとう！　本当にありがとう！　まさか一発で当てるなんて！『ガチャ荒らし』の名前は伊達《だて》じゃないな！」

握手した手をぶんぶんと振るマイルさん。

リーファも外に出てきて、ひーちゃんとクイナと合流しておれたちを見守っている。

「あー、いや、まあ、どうも……。あの、ガチャしているときに聞こえたんですけど告白、するんですか？」

「あぁ、はは……聞こえていたのか。……この剣があれば、あの憎い魔物も倒せるはずなんだ。そのあとミーシャに……」

マイルさん自身のステータスを見るとレベルは低かった。スキルもゼロというのが現状だった。

強い剣が欲しくて、倒したい魔物がいる……てなると、その魔物は普通に考えてマイルさん以上に強いんだろう。

口ぶりからして、そいつを倒したあとに想《おも》いを伝えるってところか。

……やばい、フラグ過ぎる。

戦場で家族のことを語る兵士くらいやばい。

マイルさんは何か思いつめた表情をしている。

「……もし、僕に何かあったときは、この剣をカザミ君にもらって欲しい」

こそこそ、とリーファがおれに耳打ちする。

「ジンタ、死亡フラグよ、これ。どーするの？」

おれは小さくうなずいた。

さっきの穏やかじゃないセリフもそうだし、少し危なっかしい気がする。

おれは、このフラグ立て男《お》が心配だ。

余計なお世話でお節介だと知りつつ、剣を欲しがった事情を訊《き》くことにした。

立ち話することでもなさそうだったので、食事しながら話を聞いた。

「出身の村から出て、四年。冒険者としてなんとか日々食いつないでいたんだが、最近村がダルフェンリルに襲われるという話を耳にしたんだ」

ダルフェンリルって何だ。

おれがぽかんとしているのを見て、クイナが教えてくれた。

「狼《おおかみ》に似た魔物のことです、ジンタ様。ただ、二足歩行で手を使ったりもしますし知能も高く、森にいればそこを支配するような結構な難敵です」

「うん。だから僕が村に戻って守らないとって思ったんだ」

もちろんクエスト依頼はしたそうだが、依頼を受けた冒険者たちはその魔物にやられたり、逃げ出したりということを繰り返し、まったく役に立たなかったらしい。

クエストランクをあげて依頼すると、相応の高額報酬が必要となるし、八方塞《ふさ》がりの状態なのだそうだ。

「それで力不足を補うため、ガチャであの剣を狙《ねら》っていたんだ」

「素朴な疑問なんだけど、あの剣を装備したところで、どうにかなる相手なの?」

「ちょっとジンタ」つんつん、とリーファが肘で小突いてくる。

率直に言い過ぎたらしい。

マイルさんが本格的にヘコんでいる。

本人が一番わかっていたんだろう、レアな剣を装備したくらいで敵が倒せないというのは。

「うん、だから、誰《だれ》かに助力を頼もうと思っていたんだ……」

声ちっさ。

「カザミ君、お願い出来ないか?」

「お願い出来ません」

スパッと切ったのはクイナだった。

「今日のジンタ様のスケジュールは、食事のあとはわたくしと二人きりでお買い物に行き、公園でのんびり過ごし、少し早めのディナーを食べホテルで一泊するんです。『休憩……ですか?』『いや、宿泊にしよう』『ジンタ様ぁ……』。てな具合で朝帰りするんです」

「しねえよ。てかプラン考えてたのかよ」

「クイナさん、実はこんなものを僕、持っていまして」

すすす、とクイナのそばに行くマイルさん。

鞄《かばん》から指先ほどの小瓶《こびん》を取り出してクイナに見せると、目の色が変わった。

「これは……!　これを飲むと飲ませた相手がメロメロになるという噂の媚薬《びやく》……!」

何だそれ。

「今日はわたしたち、町で遊ぶ日って決めてるんだからどの道ダメよ。あなたがクエスト依頼をするか、仲間を集めて討伐に行けばいいんじゃないかしら」

反対派のリーファにもマイルさんは近づき、別の小瓶を取り出して見せる。

「リーファさん、これ、何かわかりますか」

「こ、これ……っ!　豊胸効果があるっていう霊水……!」

おかしな薬と胡散臭《うさんくさ》い水に食いついている二人。

「僕を手伝ってくれるんなら、それはプレゼントするよ？」

クイナとリーファは視線を交わしてうなずき合う。

「「お手伝いします！」」

ひーちゃんはというと、パインゴをしゃくしゃく食べている。

「がう～、お手伝いしてもいいの」

パインゴ？　途中で買ったっけ？

まさか。

ちら、とマイルさんを見ると、したり顔で笑っていた。

おまえの仕業か！

上手《うま》いことみんなを買収しやがった。

冒険者っていうより、商人のほうがむいてるんじゃないか？

ていうか、そんなことしなくても、フツーにおれは手伝うつもりだったんだけど。

そういうわけで、おれたちはマイルさんの死亡フラグを叩き折るために、魔物退治に同行することになった。


ログロの町から見て南に位置するのどかな田舎《いなか》の村におれたちはやってきた。

さっそく出迎えてくれたのは、少し真新しい丸太の柵だった。

「以前はなかったんだけどなぁ……」

「魔物対策だろうな」

おれの声にマイルさんは深刻そうにうなずく。

丸太を深く抉《えぐ》った爪痕《つめあと》がところどころに残っている。

見張り台にいたおじさんがマイルさんの知り合いだったらしく、するするとおりてきた。

「マイル、久しぶりだな！　どうだ、元気でやってたか？」

「おじさん、久しぶり。もちろん」

「冒険者になったおまえが、ダルフェンリル退治で村に戻ってくるって聞いてから、みんなお前に期待してんだ！」

「当たり前じゃないか！　任せておいてよ！」

爽やかな笑顔で応じるマイルさん。

何だろう、事情を聞いたときのマイルさんの印象とこのおじさんの接し方が微妙にズレているような。

手を振って見張りのおじさんと別れる。

村に入ると、マイルさんを見つけた小さな少女が家から飛び出してきた。

「マイルだー」

「元気にしてたかい？」

少女は笑顔でうなずく。

聞きつけた他《ほか》の子供たちが集まりマイルさんを囲う。

今度はさらに老人や婦人、果ては野良猫《のら》まで、様々な人たちがマイルさんを迎えるように集まった。

アウェイのおれたちは輪の外でぽつんとしている。

「マイルさん、すごい人気ね」

「ホーム感があっていいじゃんか」

「さっきまでは頼りなさそうで自信なさげだったのが、今は全然違います」

言われてみれば、背筋もピンと伸びているし心なしか表情や声にも張りがある。

「地元のヒーローってところなのかな、マイルさんは」

困窮極まった村を自分がなんとかしないと、って思うのも無理のない話だ。

聞こえる会話からすると、ずいぶんとみんなに期待されているらしい。

輪を抜けてやってきたマイルさんは先導するように歩く。

その背に訊いてみた。

「ミーシャさんってどんな人？」

「あーええっと……幼馴染《おさななじみ》だよ。一つ年下だけど、すごくしっかりしていて」

「へえー」

「茶化すのはやめてくれ」

マイルさんはこっちを振り返って照れくさそうに笑う。

村には帰ってなかったけど、ちょくちょく手紙でやりとりをしていたらしい。

それで、村の窮状を知って自分が魔物を討伐すると大見得《おおみえ》を切る……もとい、宣言したそうだ。

うん、わかるよ、男子は好きな子の前じゃカッコつけたいもの。

ただ……どうなんだろう。

マイルさんが敵《かな》うかどうか、敵を見たわけじゃないから何とも言えない。

「恋文ですか！　ジンタ様、わたくしも後ほど思いの丈をつづるので、お返事書いてくださいね？」

「え？　いいけど、こういうのは距離が離れている相手同士するもんだろ？」

「じゃ……じゃあ、わたしも、書く」

「となればボクも書くの！」

「わかった、わかった、今回の件が片付いたらな？」

マイルさんはくすりと笑って、家の前で足を止める。

扉を叩くと、優しそうな女性が顔をのぞかせた。

「や、やあ、ミーシャ。久しぶり」

「あら、久しぶり。今日着いたの？　……後ろの人たちは？」

「今回の魔物退治を手伝ってくれる友人だ」

どうも、とおれは簡単に会釈する。

「ああ。冒険者さん？　どうぞ、中へ」

ミーシャさんに続くと、おれたちはダイニングへ案内された。

それぞれ席に着いて簡単に自己紹介を済ます。

好きな人と久しぶりに会うせいか、マイルさんは若干緊張気味《じゃっかんきんちょうぎみ》だった。

ちらちらミーシャさんを見ては目線をさげている。

ミーシャさんだけは、村の人たちと違ってマイルさんをヒーロー扱いしないんだな。

「状況を聞かせてください。ダルフェンリルが出るという話ですよね？」

おれが切り出すと、マイルさんを一瞥《いちべつ》したミーシャさんは近況を教えてくれた。

「はい。あの魔物がそんな名前だというのも、最近やってきた冒険者に聞いたくらいで、私たちは名前も知りもしませんでした。……収穫した作物を食い荒らしては森に帰っていくことを繰り返していました。それでも食い足りないときは、さらに村までやってきて……村の人を――」

「あ。そこまででいいです、ありがとうございました」

慌《あわ》てておれは先を遮《さえぎ》った。

だいたい予想はつく。

あの言いにくそうな雰囲気からして村人を食ったりしたこともあったんだろう。

供物《くもつ》が足りなければ人を食う、荒れ狂う土地神みたいな魔物らしい。

それが、月に一度。多いときは二度三度あるようだ。

暗い顔をするのも仕方ないだろう。

それだけに冒険者としてやっているマイルさんには期待がかかる。

難敵っていう話だし、普通の冒険者に手が負えないってのもわかる。

「ミーシャ、安心して欲しい！　僕が必ず魔物を討伐して、村を守るから！」

「ありがとう、マイル。でも、無理はしないでね……？」

事情は聞けたし積もる話もあるだろうと、おれたちはミーシャさんちを後にする。

すると。

「あの――」

ミーシャさんもすぐに出てきた。後ろを気にするように一度振り返った。

「カザミさん。マイルのこと、お願いします」

「はい、もちろんです」

おれがうなずくとミーシャさんは笑みをのぞかせた。

「ありがとうございます。……マイルは、昔からああなんです。周りの人の期待に応《こた》えるために背伸びをして……。マイルも見栄《みえ》を張ってしまって……あとに引けなくなるということがよくあるんです」

カッコつけたがるけど、中身が伴《ともな》っていないってところか。

「魔物のことを手紙に書いたら『僕がどうにかする』って言って帰ってきてくれたんですが、やっぱり心配で」

「大丈夫です。マイルさんは……腕利《き》きの冒険者ですし、おれたちもフォローします。魔物は必ず倒しますから」

ミーシャさんは深くお辞儀をして、またお礼を言った。

近くの食堂で食事をすることを伝えて、おれたちはその場を離れた。

「ねえ、ジンタ。腕利きの冒険者だなんて嘘《うそ》、どうしてついたの？」

リーファの問いにおれは苦笑する。

「わかんねえよな……男の見栄ってやつで、カッコつけたいんだよ、好きな人の前だと」

「そういうものなのですか？」

「うん。ミーシャさんは心配してたけど、村人からすれば『地元のヒーロー凱旋《がいせん》』って感じだし、無理に本当のことを言って失望させたくないなと思って」

なるほどねー、とリーファ。

敵もそうだし、マイルさんの戦っているところをまだ見たことがない。

だから案外、マイルさんがあっさり倒せる敵って可能性もある。

村で一軒の酒屋兼食堂に入り、ご飯を食べてしばらくしているとマイルさんがやってきた。

「久しぶりに会って、どうだった？」

おれが訊くと照れくさそうに頭をかいた。

「ああ、変わってなかったよ。カザミ君にひとつだけお願いがあるんだけど、いいかな？」

「え？　うん、いいけど」

「魔物の親玉は、僕が倒したい。だから、サポートに回って欲しいんだ」

なんだ、そんなことか。

おれがうなずこうとすると、リーファが言った。

「ええっと、結構強いと思うの、ダルフェンリルって。だから……ジンタが倒したそれをマイルさんの手柄にするっていうのじゃダメなの？」

「おれもそれを考えたんだけど、リーファ、それはちょっと違うんだ」

「どうして？」

マイルさんの考えていることは、なんとなくわかる。

「『自分の村だから』」

おれとマイルさんの声が被《かぶ》った。

じゃあ手伝いなんて要らないんじゃないかって思うかもしれないけど、マイルさんからしたら、おれたちは保険みたいなもんなんだろう。

万一のことを考えていなければ、何かあったら剣をもらって欲しい、なんて言わないだろうし。

結果だけを優先すれば、リーファが提案した作戦が一番なのはおれもわかる。

けど、そうじゃないんだ。

「僕が生まれ育った村で、ミーシャの住む村だ。……他の誰かじゃなくて、僕の手でどうにかしたいんだ」

その意気やよし、って感じだ。

会話もそこそこにおれたちは食堂を後にした。


町から歩いてだいたい二時間ほどの距離に、ダルフェンリルのねぐらと目される森はあった。

入口で妙に緊張しているマイルさんを促して中へ入る。

鬱蒼《うっそう》と茂る森は、昼間だっていうのに薄暗くて気味が悪い。

ガサリ、と茂みが鳴ると、

「うひゃあ⁉」

マイルさんが跳びあがらんばかりに驚いた。

……おれはマイルさんのその悲鳴に驚いた。

「え、何⁉」

リーファもそうだったらしく、ビクッと肩をすくめてマイルさんを見る。

茂みから出てきたのは、仔熊《こぐま》だった。

ステータスを見ると、【リックベア　Ｌｖ３】と表示される。

ぬいぐるみに出来そうなほど、なかなか可愛《かわい》らしい顔をしていた。

「がう……飼いたいの……」

ペットがペットを所望《しょもう》している。

「確かに、可愛いですね……」

うんうん、とおれもリーファも同意する中、マイルさんはガチャでおれが当てた魔銀剣《ミスリルソード》を構えている。

「み、みんな、き、危険だから、さ、さがって！」

さがってって言っているそばから、マイルさんがどんどん後ずさっている。

剣先もぷるぷる震えている。

――ビビリ過ぎだ！

「マイルさん、落ち着いて。ちっちゃいし、大丈夫だぞ？」

マイルさんは目を剝《む》いて冷や汗流しながら怖い顔で仔熊を見つめている。

全然聞いちゃいない。

「い、今に噛《か》みつくぞっ⁉」

くぁ、と仔熊はあくびをひとつする。

……そんな様子はまったくないが。

「巨大化して僕たちに襲いかかって――」

「いや、無理あり過ぎ！」

妄想たくましいな！

そもそも、そういう獣なのか？

おれが目で尋ねると、リーファは首を振った。

「あのねえ、魔獣や魔物に比べれば大人しいほうよ？　大きくならないけど、もしそうなっても、戦えばいいだけでしょうが」

「そ……、それも、そうだね……」

すると、また茂みから物音がして、今度は大きな熊が出た。

「わっ、わぁあああああ⁉　巨大化した⁉」

「別のやつだから、これ。落ち着けよ」

ステータスを見ると【リックベア　Ｌｖ21】と表示された。

「ヴォゥウウウウウッ」

おれたちを見るなり唸《うな》る大熊。ててて、と仔熊が大熊へ駆けよってその背によじのぼった。

「あ、行っちゃったの……」

「残念でしたね、ひーちゃんさん」

がっかりするひーちゃんの頭をクイナが撫でた。

大熊は、相当気が立っているらしく鋭い目でおれたちを睨《にら》んでいる。

あ。お母さん熊か。

「く……ッ、やる気なのか！　となれば、こっちだって黙ってやられるわけにはいかないんだ！」

殺気立つマイルさん
「わぁああ!?　やめろぉおおおお！」

おれは慌ててマイルさんを押さえにいった。

「あれ、お母さんだから。子供を探しに来たお母さんだから！　そっとしたげて！」

マイルさんを羽交《はが》い絞《じ》めにしてずるずると熊たちから遠ざける。

その間、フシー、と興奮気味に鼻息を吐くマイルさんに、おれは深呼吸するように言った。

「大きく吸って、大きく吐く。うん、そうそう、それを繰り返して」

みんな、呆《あき》れ顔でおれたちについて来た。

無言でおれに訊いている。

この人、どうすんの？　って。

ちょうどいい切り株があったので、そこにマイルさんを座らせる。

「……マイルさん、魔物と戦った経験は？」

「……あ、あるよ？　あ、当たり前じゃないか」

「おい、おれの目を見て言ってみろ」

ぐいっとおれのほうをむかせる。

すぐにあの自信なさげな顔をして目を伏せた。

「ごめん……実は、ないんだ。……さっきは取り乱してしまってすまない」

やっぱりそうか。

森に入るときの緊張具合からして、経験少ないんだろうな、とは思っていた。

「この様子では、ダルフェンリルを討伐するのは難しいのでは？」

うーん、クイナの発言は一理ある。

一理あるっていうか、百理くらいある。

どうやらマイルさん、魔物討伐系のクエスト以外をこなして報酬を得ていたそうだ。

「僕は、村では優秀で何でも出来て、ちょっとした村のヒーローだった。でも、急にそれが息苦しくなって、冒険者になるって言って村を出たんだ」

周囲の目がどうしても気になってしまうそうだ。

それで、優秀な自分でいることに、疲れてしまったらしい。

「……けど、冒険者だって甘くなかった。ろくに喧嘩《けんか》もしたことのない僕には、魔物と戦うなんて出来なくて……」

「出てきてしまったから、簡単に戻れなかった？」

おれが続けると、マイルさんは項垂《うなだ》れるようにうなずいた。

「うん……」

「意地っ張りねー。そんなこと、誰も気にしないのに」

リーファが言うと、マイルさんは困ったように笑う。

「たぶん、ミーシャもそれがわかっていたんだと思う。いつだって心配してくれて。だから『そうじゃないんだよ』って言えるような冒険者になるつもりだった」

好きな人に対する、意地や見栄がなおさら意固地にさせたらしい。

「何なのでしょう、この、残念な感じ」

「クイナ、おれも思っていたことをストレートに言うなよ」

おれたちがダルフェンリルを倒してもいいけど、結局マイルさん自身の問題は全然解決しない。

今後も魔物にビビッて、荒事以外のクエストをこなしていくだろう。

「むずかしいの……」と、ひーちゃんは小難しそうに顔をしかめている。

「村を守りたいっていう気持ちは変わらない？」

「それはもちろん」

そっか、そういう気持ちは大事だ。

「じゃ、まずマイルさんを鍛えよう。そのついでにダルフェンリル探しをしよう」

「うん、それがいいかも。このままじゃ、アレだから」

おれの提案にリーファもクイナもひーちゃんも同意した。

「マイルさん、それでいい？」

「あぁ！　ありがとう！」

立ちあがって、おれとがっちり握手をする。

まずは、剣の使い方を見せてもらうことになった。

鞘《さや》から抜いて構える。それなりに様になっているような気がするけど、おれはちゃんと剣術を学んだってわけじゃないから、良し悪《あ》しはぶっちゃけわからない。

「型」ってのを知らないから、どうアドバイスしたもんか……。

「どうだ？」

ブン、ブン、と型らしきものを繰り返しているマイルさん。

突いて、薙《な》いで、華麗な動きを見せる。

ふぅ、と呼吸をひとつ挟んで、また繰り返す。

「アルバード流の指導を少々受けていたことがあって――」

あ、ある？　何？　何流？

さっぱりわからん。

おれがちらっとみんなを見ると、ニッコリ笑って、みんな首を振った。

ダメだ！　みんなわかってない！

「あ、ああ……良いんじゃないか……？」

「さすがカザミ君だ。目のつけどころが他のボンクラとは違う。……このアルバード流は槍《やり》の流派なんだけど」

「槍かよっ！　剣じゃねえのかよ！」

何で剣を武器に選んだんだ⁉

「この型、剣でも応用が利くんだ。──僕の理論では！」

「実践した師匠の言葉じゃねえのな！」

やばい……見えない。

この人が魔物を倒しているヴィジョンがさっぱり見えない。

それから、口を開けば理論理論、理論理論理論。

この人頭でっかちだったよ……。

知識だけいっぱい詰め込んだ童貞と一緒だったよ……。

……あ。おれのことだ。

「ジンタ様、理論は聞き飽きましたので、実戦でモノになるかどうか試したほうが早いのではないでしょうか？」

「それもそうだな。習うより慣れろってやつか。マイルさん、積極的に魔物を探して倒していこう」

「……えっ？　……型は？」

「キョトン顔すんな。型じゃ魔物は倒せねえんだよ」

「あ、あと、三〇回ほどしないと体が温まらないから――」

「はいはい、魔物は急に出てくることも多いし、そんなことしてる暇ないから。ウォームアップなんて要らないから」

「いや。ちょっと、あの、待って、もうちょっとだけ」

とかなんとか言ってその場に留《とど》まろうとするマイルさんを引きずり、森を奥へ進む。

ビュン、と素早くツルがおれたちのほうへ伸びてきた。

おっと、早速魔物のお出ましだ。

その攻撃をしてきたのは、花の魔物だった。

「ビィイッ！　ビビィイ！」

顔らしき場所にでかい口がひとつだけついていて、周囲を花びらが囲っている。

「マイルさん！」

「よし、僕の出番だな……！」

おお。意外とビビらないんだな。

て、あれ？　その姿が見えない。

「ジンタ……あれ」

おれの肩を叩いたリーファが後ろを指差す。

「よぉおおし、行くぞ……！　今、行くからなッ！」

勇ましいことを言うのはいいけど、おれたちから三〇メートルくらい離れている。

遠っっっ⁉

武器が剣のくせに、そこで何するつもりなんだよ。

おれは魔物の攻撃を軽々かわしていく。

「早く、こっちに！　剣で攻撃を！」

「オーケー、わかってる、今行くぞ。ああ、今行くとも。そう、まず僕がテンパらずにきちんと型が出来るかどうかを」

「――型はもういいいいいいいッ！」

型どんだけ好きなんだよ。

「ひーちゃん、連れて来て」

「がう」

ぴかり、とひーちゃんがドラゴン体に戻る。

「え？　はい？　ど、ドラゴン⁉　こんなところにドラゴンが⁉　あ、ぁあああああああああああああああああ――⁉」

という悲鳴がすると、ひーちゃんがマイルさんの服を噛む。

ずるずる引きずりながら魔物の正面まで連れて来てくれた。

半泣きのマイルさんの肩を激しく揺すった。

「マイルさん。正気を保って聞いてくれ。あの花の魔物を倒さないと、ドラゴンが容赦なくあんたを食う。どっちがいい？　このまま魔物上位に位置するドラゴンと戦うか、ここであの魔物と戦うか」

ひーちゃんと魔物を交互に見て、大人しく魔物に向き直った。

「あっちと戦います」

「よし。それでいい。リーファが治癒魔法使えるから、存分に戦うんだマイルさん！」

剣を構えて、じりじりと間合いまで距離をじっくり詰めていく。

またツルで魔物は攻撃してくる。

まあ、あれくらい避けれるだろう。

「もう少しで間合いに入っ――へべろんっ!?」

バヂン、という音がするとマイルさんは変な体勢でぶっ倒れた。

ば、バッチリ食らってるぅうううううううう!?

「ビビビ、ビビ、ビィイ」

心なしか、魔物にも笑われているような気がする。

女性陣三人は、少し離れた場所で並んで座っておれたちの様子を見守っていた。

「ね、ジンタ。お菓子出してよ、お菓子。確かまだあったわよねー？」

「ああ。確かまだいくつか残っていたはず。紅茶は？」

「あら、ジンタ様、準備が良いのですね」

おれはアイボからティーセットとお茶受けのお菓子を出してやる。

ついでにレジャーシートも。

もぐもぐお菓子を食べたり紅茶をすすったりしながら、べちゃっと倒れているマイルさんを見つめる三人。

……マイルさんが動かない。

ステータス上、ＨＰはまだまだあるし命に別条はなさそうだ。

「カザミ君……僕は、もう、ダメ、らしい……」

「嘘つけえええええええええええ！　マイルさん立って！　戦うんだ！」

おれがうなずくと、リーファが治癒魔法を発動させすぐにマイルさんのＨＰは回復した。

「この剣を、君に……大事に、使ってやってくれ……」

「死ぬ五秒前みたいなセリフ言うのをやめろ！　きっちり全快してるから」

おれには見えてんだぞ。

「村を守りたいっていう気持ちはそんなもんか⁉　立て！　お前の本気はそんなもんかぁああああ⁉」

「くぅ……、カザミ君の言う通りだ。僕はまだ死ねない――」

「そうだ！　そんでもって瀕死《ひんし》ぶるのをやめろ。行けぇえええ！　やれるってところを見せてやれえええ！」

剣を杖《つえ》のようにしてマイルさんは立ちあがる。

「カザミ君が妙に暑苦しいキャラになってしまったのも、この魔物のせいだな……⁉」

「いや、お前のせいだよ」

「行くぞ、うぉおおおおおお――――」

マイルさんは剣を上段に構えて接近する。

またツルが飛んできた。

「落ち着けばこの程度――――」

お、かわした。

あ。別の角度からもう一本ツルが……。

「かわしてみせ――――へべろんっ⁉」

また食らった⁉

けど、今度は倒れずどうにか持ちこたえた。

「ぐッ――――もう少しで食らうところだった」

「食らってたけど⁉　何なかったことにしようとしてんだ」

「僕は、村を守る――――ドラゴンとなんて戦いたくないんだぁああああああ！」

「そう、やれば出来るんだ、マイルさん！　動機がなんかズレてる気もするけど！」

ぉおおおおおお！　と雄叫《おたけ》びと共に剣を振りおろす。

「ビヒィイイ――――ッ」

ザシュンという切断音がして、ぐったりと魔物は脱力した。

「やった、倒した……はぁ、はぁ……」

拳《こぶし》を突きあげ、ガッツポーズするマイルさん。

そんな生死を懸けた（本人はそのつもりだ）戦いに勝利したマイルさんなんてそっちのけで、女性陣はレジャーシートの上でのんきにお菓子をぱりぱりと食べている。

「このお菓子、美味《おい》しいわね」

「うふふ、わたくしが選んだお菓子ですから、当たり前です」

「あち。リーファ、やけどしたの、くちびるのところ」

「えーっ？　大丈夫ー？」

「がう～」

とまあ、まったく興味のない一同だった。

「カザミ君ッ！　僕やったよ！　見てたかい⁉」

「ああ、うん、見てた見てた。さ、次行こうか」

「え。ちょっと待って。ちょっと休憩を……」

泣き言を早速言いはじめたマイルさんを引きずり歩き出す。

リーファに治癒してもらうこともあるから、あまり遠くには行かず、魔物の探索討伐《サーチアンドデストロイ》を繰り返していった。

明らかに手に負えなさそうな敵はおれが瞬殺し、倒せそうな低レベルな敵はマイルさんがひいひい言いながら、どうにか倒していく。

魔銀剣《ミスリルソード》がなかったらまともに戦えなかったんじゃないか。

そう思えるほど、マイルさんの自力は低く、けど、それでも気持ちは本物で、必死で戦っているのがよくわかった。

口では何だかんだ泣き言を言うけど、意外と根性はある。

……ずっとへっぴり腰だけど。

女子のお茶会も終わりおれたちと合流する。

「ずいぶんとマシになったじゃない！」

べしん、とリーファがマイルさんの背を叩く。

うんうん、とクイナもうなずいている。

「悲鳴をあげたり、逃げ回ったりしなくなっただけでも立派です」

「みんな……」

感動してもう泣きそうなマイルさんだった。

ひーちゃんだけは、もちもちほっぺをむぅと機嫌悪そうに膨らませている。

「ご主人様にお世話してもらうのは、ペットであるボクのとっけんなの……ずるいの……」

「まあ、今日だけだから」

ひーちゃんの頭を撫でてやると、気持ち良さそうに目を細めて「がぅ……」と声を漏らした。

おれたちは、本格的に標的のダルフェンリルを探しながら森を奥へ奥へと進んでいく。

「カザミ君、ダルフェンリルが現れたら僕に任せて欲しいんだ」

「そういや、そんなこと言ってたな。わかった、骨は拾うから存分に死んでくればいいよ」

「えぇ……そういうのはさ、死ぬ前に助けてくれないと……」

度胸があるのかビビリなのか、さっぱりわからない人だ。

クイナが不意に足元を見つめて、地面を指差した。

「ジンタ様、これを」

ん？　何かの足跡……？　結構大きくて、人の顔くらいの大きさがある。

「おそらく、ダルフェンリルの足跡かと。成体だとしても、かなりのサイズです」

「こいつを辿《たど》っていけば、ねぐらか何かに行けるのかな」

「たぶんそうでしょうね。マイルさん、大丈夫？『任せて欲しいんだ（キリッ』みたいなこと言ったけど」

疑わしそうにリーファはマイルさんを流し見る。

「だ、大丈夫だよ」

声、裏返ってんぞ？

緊張に顔を強張《こわば》らせるマイルさんを励ましながら、さらに森を進んでいく。

足跡が途切れ周囲を見てみると、大きな洞穴《ほらあな》があった。

おれたちはそれぞれ目を合わせ、うなずき合う。

きっと、この中にダルフェンリルがいる。

おれを先頭に中へ入り、奥へと歩いて行く。

あまり長い洞穴ではないらしく、すぐに拓《ひら》けた大きな空間に出た。

おれたちの気配に、中にいる魔物がこっちを見る。
薄暗いせいか、双眸《そうぼう》が空間に浮かんでいるように見えた。
座り込んだまま、顎をあげて横柄にこっちを見つめていた。
あいつが、噂のダルフェンリルか。
大型の熊よりも体格は大きそうだ。
普通の狼とは違って二本の足で立ちあがった。

「グルォオオオオオオオオオオオ――ッ」

種族：狂狼種《きょうろうしゅ》
Lv：31
HP：3300／3300
MP：80／80
力：330
知力：50
耐久：120
素早さ：330

敵の咆哮《ほうこう》に空気がビリビリと震えた。

「マイルさん――」

おれが呼んでも、青い顔でフリーズしている。

ドッ、ドッ、と心臓の鼓動みたいな足音を響かせ敵はこっちへむかってくる。

マイルさんはカチカチ鳴る奥歯をギュと噛み締めた。

そして、剣を抜いた。

「僕が戦う」

声は震えっぱなしだし、膝もガクガク笑っている。

でも、おれたちは誰一人笑わずに、ただうなずいた。

◆

マイルは自分を奮い立たせ、一歩を踏み出す。

視界にいたジンタたちはいなくなり、ダルフェンリルと対峙《たいじ》した。

カクカク、と笑う膝のせいで、地面を踏みしめる感覚はほとんど感じない。

振るわれる大きな腕が、ぶうん、と鈍く風を切りながらこちらへ迫る。
「――ッ」
（動け。動いてくれ――）
念じてようやく体が言うことを聞く。
足がぎこちなく動き、攻撃をかわそうとステップを踏む。
が、意外と敵の腕は長く――
「ぐぁ――っ⁉」
拳が直撃する。
マイルの体は簡単に弾《はじ》き飛ばされ、壁に激突した。
「「マイルさん――⁉」」
リーファ、クイナの声が洞窟に響く。
だがそれもマイルにはどこか遠くに聞こえていた。
視界がチカチカ明滅する。
痛いのか痛くないのかも、もうわからない。
リーファが治癒魔法を使ったのがわかった。
感覚が自分の元へ戻ってくる。
こちらを見おろしているダルフェンリルの獰猛《どうもう》な瞳《ひとみ》がすぐそこにあった。
またこちらめがけて腕を振るう。

今度は鋭い爪で裂くつもりだ。

「〜〜っ」

どうにか転がり攻撃をかわす。

立ちあがって、すぐに走り出すと足元が覚束《おぼつか》ないせいでまた転んだ。

マイルのいた場所は、岩壁を抉った太い爪痕が残っていた。

「グルァアッ！」

ダルフェンリルは短く威嚇《いかく》するように吠《ほ》えた。

それだけで、もう心臓が縮みあがってしまう。

息を吸っても吸っても足りないような気がしてくる。

ふらふらの体を引きずって、道を探す。

「……マイルさん、剣を」

酷《ひど》く冷たい声が耳に一直線に入ってくる。

ジンタの声だ。

（剣……？　剣が、何だっていうんだ）

攻撃を回避している最中に落としてしまったようで、さっきいた場所に剣は転がっている。

ジンタが何を言いたいのか、マイルにはさっぱりわからなかった。

土台無理な話だったのだ。

何人もの冒険者がこの魔獣を倒そうとして倒せなかった。

それがすべての結果だ。

自分が昨日今日得た剣を振り回したところで、刃は敵に届きもしない。

それどころか、まともに戦うことも出来ない。

現実そうなっていて、事実、剣を振ることも出来ないでいる。

リーファの治癒魔法がなければ、今ごろ痛みで地面をのたうちまわっていただろう。

『僕が倒す』

どうしてそんな子供みたいな大見栄を切ったのか、自分でもわからなくなった。

いつだってそうだった。

村のみんなにちょっとでも良く見せようと、恰好《かっこう》をつけ、話を大きくし、英雄を気取った。

みんなの羨望の言葉や眼差《まなざ》しが気持ち良かった。

虚栄心ばかりが先に立ってしまっていた。

それを本当の自分にしてやろうと、思い切って村を出ても結果は変わらなかった。

常に自分は自分で、怖いことには近寄らず、出来そうにないことは手を出さず、安穏《あんのん》な冒険者生活を送っていた。

マイルは視線をさまよわせていた。

逃げ道を探して、洞窟のあちこちへと目をやっていた。

「ガルアッ！」

振り抜かれたダルフェンリルの腕がマイルにまた直撃する。

次の瞬間には、マイルの視界は冷たい壁を映した。

激しい物音と体が軋《きし》むような音と、激痛が走り、また壁に叩きつけられた。

途切れそうな意識と、口の中では、ぬめっとした血の舌触り。

暗い天井《てんじょう》が見える。

どうやらいつの間にか仰向《あおむ》けに倒れていたようだ。

「ジンタ！　もう無理よ！　マイルさんを――」

「ジンタ様、わたくしもそう思います！　このままでは……」

ジンタの声は聞こえない。

無言のまま、首を振ってじっとこっちを見ているのを目の端で捉《とら》えた。

「……マイルさん、剣を」

何が言いたいのか、ようやく理解した。

マイルはかすかに首を振った。

「もう、無理だ……、僕にはやっぱり無理だったんだ」

「おれは、ここにいるみんなが無事なら、それでいいと思っている。おれが倒してくれるだろう、なんて甘い考えは捨てて欲しい」

「そ、そんな……」

ジンタはそれ以上何も言わなかった。

憎らしいほどの腕力でダルフェンリルはマイルを翻弄《ほんろう》する。

傷はリーファの治癒ですぐに治るが、痛みは残ったままだ。
口からは血が、目からは涙が、鼻から鼻水が出てマイルの顔はぐしゃぐしゃだった。
（痛い……痛い……）
食われた人や、この魔物に怪我《けが》を負わされた村人のことをふと頭の片隅で想った。
自分と同じように痛かっただろう、苦しかっただろう、辛《つら》かっただろう。
死者が六人出ている、とミーシャの手紙には悲痛に書いてあった。
（そうだ、ミーシャを……）
ヒーローになって迎えに行くはずだった。
立派になったそのときに想いを告げようと心に決めていた。
だが、冒険者になってもまったく変わらない自分に嫌気がさしていた。
そんなとき、村の窮状を伝える手紙が届いたのだ。
「〝ミージャ〟を……っ」
心配性で優しい彼女を——守らなければ。
この魔獣はまたいずれ村へ行く。
ここで「僕がぁ——ッ」倒さないと——
守れないじゃないか。

胸を張って告白なんて出来ないじゃないか。

本当は小心者で嘘つきで恰好ばかりつけている自分のことを見抜いていた彼女を、安心させてやれないじゃないか。

……恰好なんてつかなくていい。

嘘でも何でもいいんだ。

こいつを倒せれば——何だっていいんだ。

「うぁあああぉおおおおおおおおおおおおお——」

ダルフェンリルの腕にしがみつき歯を立てる。

ぶん、と腕を思い切り振られると、マイルは地面に背から落ちた。

「——っ、は、あっ……」

衝撃が全身に走る。

痛覚が麻痺《まひ》しているのかあまり痛みは感じなかった。

クイナが風魔法を放とうとしているのが見える。

「手ぇ出すな——ッ！」

ジンタの鋭い声が洞窟に響く。

そうだ、村に助けに戻るときから、もう決めていたのだ。

自分の手で倒す、と。

弱かった自分をここで変える。

魔獣の攻撃をどうにかかわすと、転がっていた剣を拾った。

ドンッ、ドンッ、ドンッ、ドンッ――。胸の内側を激しく心臓が叩く。

綺麗《きれい》な剣の振り方なんてやっぱりわからないから、腰のあたりに構えた。

「グルゥゥゥ……」

ダルフェンリルが警戒するようにじりっと半歩さがる。

感じた嫌な何かを振り払うように、雄叫びをあげた。

「ルァアアアアアアアアアアッ」

マイルも腹の底から声をあげた。

「うぉおぁああああああああああああ」

魔銀剣《ミスリルソード》を腰だめに構えて一気に突進する。

それは――勇気という名の一撃。

無防備だったダルフェンリルに、マイルの剣が手応えと共に突き刺さる。

「グァアアア――⁉　ァアアアアアア――⁉」

断末魔をあげるダルフェンリルはのたうちまわり、そのうち動かなくなった。

「は、ははは……、やった、やった……！　今度こそ本当のヒーローになって、ミーシャを……迎え、に……」

操《あやつ》り人形が糸を切られたように、マイルはがくりと脱力し意識を失《な》くした。

◆

「こんばんはー」

おれはミーシャさんちの扉をノックする。

もう夜遅いから寝ているかもしれない。

今日、マイルさんは有言実行して、ダルフェンリルを倒した。

一番にミーシャさんにそのことを伝えたいだろう。

気を失っていたし、運ぶのも大変だから、マイルさんはアイボの中。

寝間着姿で現れたミーシャさんに事と次第を伝えると、顔をくしゃくしゃにして泣き出してしまった。

リーファとクイナがマイルさんの雄姿をミーシャさんに伝えた。

マイルさんをどこへ運べばいいか聞いて、リビングのソファに運んでおいた。

傷に関してはリーファが治癒魔法を使ったからしばらくすれば起きるだろう。

「えと、これ。ダルフェンリルを倒した証《あかし》の永晶石《コア》とその爪です」

「ありがとうございます。本当に、ありがとうございます」

そう言って、ミーシャさんは何度も何度も頭をさげた。

「いいえ、おれたちは別に何もしてないですから。全部、マイルさん一人で頑張ったことです。お礼はマイルさんに言ってあげてください」

「……本当のことを教えてください。……あなたたちがあの魔獣を倒してくれたのでしょう？」

おれは笑って首を振った。

「違いますよ。本当にマイルさん、カッコよかったです。……たぶん、何か話したいことがあると思うんで、聞いてあげてください」

時間も時間だし、長話してもアレだから、おれたちはミーシャさんちを辞去した。

今夜から、見張りの人はいない。

もう見張りも見張り台も物々しい柵もなくなるだろう。

星がいくつも輝く夜空の下、おれたちはのんびりと歩く。

ひーちゃんは、おれがおぶっていて、今は背中で寝息を立てている。

リーファとクイナがわかっていたように言った。

「本当はジンタ、最後何かやったでしょ？」

……ぎく。

「わたくしもそう思います。何をやったのかはわからないのですけれど、わたくしに手を出すなと言っておいて……まったくジンタ様は……」

「何もしてねえよ」

タネも仕掛けもないんだから、二人はこれ以上追及出来ないだろう。

【黒焔《ダークフィラメント》】を使うときのようにMPを消費させたところ、ダルフェンリルはおれのそれを殺気や

何かだと思ったようで、こっちに気を取られた。

自分よりも強い敵Aと自分よりも弱い敵Bがいたとして。

Aが攻撃してくるとわかれば、どうしたってそっちを警戒せざるを得ないだろう。

と言っても、ほんの一瞬だったけど。

おれも、あのマイルさんの勇気は見習わないとなあ。

「マイルさんの告白、上手くいくかしら？」

「どうだろうな。案外、別に好きな男がいてーとか、そんなオチだったりして」

「そちらの結果がダメだったとしても、マイルさんは人間として大きく成長したように思います」

うん、とリーファもうなずいて微笑《ほほえ》んだ。

「見違えるほどに、ね」

「賭けるか、マイルさんの告白が上手くいくかどうか」

「うふふ、ジンタ様。きっと賭けにならないと思います」

「あー、やっぱそうなるよな。三人が同じ結果に賭けちゃ、意味ないもんな」

そう言うと、二人ともうなずいた。

二ヶ月後——。

冒険者ギルドからおれ宛てに手紙が届いた。

差出人はマイルさんだった。

自身の簡単な近況報告と感謝の言葉が並べられていた。

しばらくは村の復興や手伝いをするそうだ。

告白がどうなったのか、おれがやきもきしていると、手紙はこう締められていた。

――村近くを通ればぜひ家に寄ってください。妻のミーシャと盛大に歓迎させてもらいます。

「おいおい……まじかよ、『妻』って」

なんだよ、なんだよ、良かったじゃんか。結構なスピード婚で。

命懸けた甲斐《かい》があったってもんだ。

「お淑《しと》やかで優しい幼馴染と結婚、か……」

そして、現世で言い慣れたセリフをおれは笑いながら言った。

「リア充爆発しろ」

あとがき

はじめまして。ケンノジと申します。

拙著「圧倒的ガチャ運で異世界を成り上がる！」を手に取っていただき、ありがとうございます。

ご存知の方もいらっしゃると思いますが、この作品は小説家になろう様で連載《れんさい》をしていたウェブ小説でして、書きはじめたのが去年の十二月某日（ファイル作成日を今見てみると2015／12／4となっているので、まあそうなんでしょう）で、クリスマスイブという名の平日に連載をスタートした作品です。

イブに連載を開始しているので、特に予定はなかったんでしょうね。

しかしこうして、わずか九か月ほどで商品としてお店に並んだり、電子書籍として発売されたりして、皆さまのお手元に届けられるのですから、僕としては少し不思議な気分でもあります。

今後も、主人公のジンタ、ヒロインのリーファたちの活躍にご期待ください。

私ごとではありますが、小説家になろう様にて、先日新連載をはじめました。

「チート薬師のスローライフ　～異世界に作ろうドラッグストア～」

というタイトル通り、のんびりした異世界生活を描いた作品です。

ご興味ございましたら、読んでいただけるととても嬉しいです。


さて、本書を刊行するにあたり、様々な方のお世話になりました。

まず担当編集様。一から十まで色々とご丁寧に教えてくださったり、ああだこうだ、と言う私の意見を聞いてくださったり、本当にありがとうございます。引き続きよろしくお願いいたします。

次に、イラストを担当していただいたやむ茶様。キャラも可愛いければ衣装も可愛くて、イラストの確認が本当に楽しみでした。ベストなイラストを描いていただき、ありがとうございました。

その他、本書の製作、営業、販売に携わった皆様、ありがとうございました。

あと、連載中に読んで何だかんだ感想を言ってくれたT君、ありがとう！

そして、本書を手にとってくださった読者様。

数ある物語の中から、「ガチャ運」を読んでいただき、本当にありがとうございました。

ケンノジ

GAノベル

圧倒的ガチャ運で異世界を成り上がる！

2016年8月31日　初版第一刷発行

著者　ケンノジ

発行人　小川 淳

発行所　〒106-0032　東京都港区六本木 2-4-5
SBクリエイティブ株式会社
03-5549-1201　03-5549-1167(編集)

装丁　柊椋（I.S.W DESIGNING）

印刷・製本　中央精版印刷株式会社

ISBN978-4-7973-8849-7
Printed in Japan

ファンレター、作品のご感想をお待ちしております。

〒106-0032　東京都港区六本木 2-4-5
SBクリエイティブ株式会社
GA文庫編集部 気付

「ケンノジ先生」係
「やむ茶先生」係

本書に関するご意見・ご感想は
下の QR コードよりお寄せください。
※ご記入の際、特殊なフォーマットや文字コードなどを使用すると、
読み取ることが出来ない場合があります。
※中学生以下の方は保護者の了承を得てからご記入ください。
※アクセスの際や登録時に発生する通信費等はご負担ください。

http://ga.sbcr.jp/

ログインボーナスでスキルアップ
～寝て起きて成り上がる～

あまうい白一
イラスト／村上ゆいち

落雷によって命を落としたコウタは、ある魔道書の力によって異世界に転生した。その際にコウタが獲得したのは、寝て起きるだけであらゆる魔法を覚えられる『ログインボーナス』という能力だった！　だが彼は、田舎の街でただ気まま暮らすことを選ぶ。どんどん貴重な魔法を覚えながらも、嫁を名乗る魔道書の少女・ソラスや街の仲間とともに、楽しく自由に過ごすコウタは、やがて異世界においてその名を上げていくことになり……!?
──寝て起きるだけで成り上がる物語、ここに開幕!!

魔導書（中身はなんとマンガ！）を読めば魔法が覚えられる異世界に転生したルシオ。あらゆる魔導書を読み解いて世界最強の大魔道士になったルシオは、愛らしい嫁ふたりに、ねこみみ＆いぬみみのケモミミ娘、さらに大きな屋敷を手に入れた。さらに、魔法と現代知識を組み合わせて傾いた国まで立て直したルシオは、新しくもうひとり可愛いお嫁さんを迎え、もっとみんなで楽しく自由気ままな生活を送ることに……！　Web投稿サイト発の、大人気異世界スローライフ系「マンガ」ストーリー、第2弾!!

くじ引き特賞：無双ハーレム権2

三木なずな

イラスト／瑠奈璃亜

「――美女が、足りないな？」

あらゆる能力が７７７倍になるチート能力を手に入れ、最強無敵のハーレムルートを確定させたカケル。ハーレムをさらに充実させるため、カケルは次々と聡明《そうめい》な美女を自分のものにしていく。着々とハーレムを充実させていくカケルはなんと魔剣すらハーレムの一員にしてしまい、可愛らしい娘を作ってしまうことに!?　ｗｅｂ小説投稿サイト発の、国を救い女王と姫を侍らせる大人気チートハーレムストーリー、第２弾。